번쩍하는
황홀한 순간

번쩍하는
황홀한 순간

성석제 소설

문학동네

● **일러두기**

이 책은 『번쩍하는 황홀한 순간』(2003)과 『재미나는 인생』(2004)의 작품들을
모은 개정판이다.

차례

번호

대한민국 육군 7사단 26연대 3대대 2중대 1소대 3분대 9번은 8번 때문에 신병 훈련을 제대로 받지 못했다. 대한민국 육군 7사단 26연대 3대대 2중대 1소대 3분대 8번은 대한민국 육군 7사단 26연대 3대대 바깥의 오지 출신 총각으로 군대에 오기 전에는 농사밖에 모르는 순진한 친구였다.

군대에서는 인원을 확인하기 위해, 소속감을 고취하기 위해, 정신을 차리게 하기 위해 번호를 사용한다. 즉 일렬로 줄을 세운 다음, 줄 밖에 있던 교관이 "번호!" 하고 외치면 1번은 "하나", 2번은 "둘", 3번은 "셋" 하는 식으로 각자의 번호를 말하게 되어 있는 것이다. 그런데 농사밖에 모르며, 태어나서 가장 먼 거리를 여행한 것이 집에서 대한민국 육군 7사단 26연대 3대대 초소 앞까지라는 대한민국 육군 7사단 26연대 3대대 2중대 1소대 3분대 8번은 자신의 번호를 말할 차례가 되면 자신만의 독특한 억양과 어휘와 지식을 사용했다. 8번으로서는 그렇게 하지 않을 도리가 없었다. 8번은 자신의 번호를 말할 차례가 되자 "야닲"이라고 외쳤다. 그 말에 9번은 순간적으로 자신이 어디에 있는지를 잊고 웃음을 터뜨리고 말았다.

대한민국 육군 7사단 26연대 3대대 2중대의 신병 훈련을 담당한 교관은 엄숙한 군대에서 대열 중에 웃는 자가 있으면 엄숙과 군대 모두 제대로 유지되지 않을 것이라고 판단했다. 이어 교관은 9번의 정강이를 걷어찼다.

대한민국 육군 7사단 26연대 3대대 2중대 1소대 3분대 9번. 그도 웃을 생각은 없었다. 그런데 웃음이 터져나온 것은 그로서도 어쩔 수가 없는 일이었다. 정강이를 걷어차인 다음 그는 엄숙한 군대 대열 중에서 웃음을 터뜨리는 것 같은 사고는 내지 말자고 다짐했다. 그에게는 정강이가 두 개밖에 없었으니까. 또 정강이가 수백 개라 하더라도 차이면 모두 아플 것이기 때문에.

"다시 번호!"

"하낫!"

9번은 웃지 않았다.

"두울!"

우습지 않았다.

"세엣!"

웃을 생각이 전혀 없었다.

"네엣!"

정강이는 여전히 아팠다.

"다섯!"

그때 거품처럼 가벼운 무엇인가가 그의 옆구리를 살그머니 타고 올라오는 것 같았다.

"여수앗!"

무엇인가 9번의 발바닥을 깨무는 것 같았다.

"일고압!"

9번은 입술을 깨물고 이를 악물고 주먹을 쥐었다. 웃으면 죽는다. 그러나.

"야닭."

얄밉도록 조그만 그 소리. 9번은 다시 자신이 9번임을 잊어버리고 폭소를 터뜨리고 말았다. 교관이 씩씩 소리를 내며 달려왔다.

"장난하는 거야?"

9번은 울상을 지었다.

"아닙니다!"

"내가 우스워?"

울고 싶었다, 9번은.

"아닙니다!"

"그런데 왜 웃어?"

교관은 합리적인 사고를 가진 사람이라고 본다. 다만 그의 군홧발과 주먹은 무자비했다.

"이번에 다시 그따위로 한다면 전원 원산폭격으로 연병장을 돈다. 각오하라. 다시 번호!"

웃지 않으려고 했다, 9번. 그럴수록 웃음은 터져나왔다. 대한민국 육군 7사단 26연대 3대대 2중대 신병들은 모두 9번을 원망했다. 8번조차도 9번을 나무랐다. 그러나 그럴수록 9번의 증세는 도졌다. 나중에는 "야닭"이 아니라 이마를 땅에 대고 연병장을 도는 8번의 엉덩이를 참을 수 없었다. 거세게 숨을 몰아쉬며 사타구니 사이로 나타나 자신을 원망하는 8번의 눈길도 참을 수 없었다. 화를 내는 교관을 보고도 웃음을 터뜨렸다. 눈물을 흘리면서, 땀을 흘리며 정강이뼈를 부여잡으며 웃지 않을 수 없었다. 대한민국 육군 7사단 26연대 3대대 2중대 1소대 3분대 9번. 그는 "아홉"이라는 말을 웃음소리로 바꾼 최초의 군인이었다.

몰두

개의 몸에 기생하는 진드기가 있다. 미친듯이 제 몸을 긁어대는 개를 붙잡아서 털 속을 헤쳐보라. 진드기는 머리를 개의 연한 살에 박고 피를 빨아먹고 산다. 머리와 가슴이 붙어 있는데 어디까지가 배인지 꼬리인지도 분명치 않다. 수컷의 몸길이는 2.5밀리미터, 암컷은 7.5밀리미터쯤으로 핀셋으로 살살 집어내지 않으면 몸이 끊어져버린다.

한번 박은 진드기의 머리는 돌아나올 줄 모른다. 죽어도 안으로 파고들다가 죽는다. 나는 그 광경을 '몰두沒頭'라고 부르려 한다.

수영

날이 따뜻해지고 얇은 옷을 입게 되자 그의 아내는 잔소리를 넘어 걱정을 하기 시작했다.

"아유, 저 배 좀 봐."

"하루이틀 봐? 내 배가 어때서?"

그는 짐짓 배를 내밀었다. 그러나 겨울을 지나면서 호박 하나가 배에 올라붙은 것 같아 스스로도 움직이는 데 불편함을 느끼고 있었다.

"도대체 모르겠네. 먹이는 게 없는데 어디서 살이 쪄 오지?"

아내는 고개를 갸웃거렸다. 살이 찌는 이유는 간단했다. 움직이기를 싫어한다는 게 문제였다. 젊은 시절, 사업을 시작할 때는 그렇지 않았다. 몸으로 뛰고 몸으로 때웠다. 운동이 저절로 됐다. 그런데 차츰 자리가 잡히고 사람이 늘고 젊은 사람들이 알아서 다 해주게 되니까 움직일 일이 없었다. 운전만 해도 그랬다. 운전을 하면서부터는 일이백 미터 떨어진 구멍가게 가는데도 운전대를 잡게 됐다. 아무리 먹는 게 없다고 해도 거래처 접대다, 회식이다 해서 술에 곁들여 집어먹는 것이 적지 않았다. 대부분이 고단백, 고지방질 음식이었으니 집에서의 한두 끼 밥보다 월등한 열량이었으리라.

"안 되겠어. 여보, 당신 새벽에 뒷산이라도 올라갔다 와요."

"새벽에 시간이 어디 있어?"

"조금만 일찍 일어나면 되잖아."

"나는 새벽에 깨면 거시기 뭐냐, 딴생각부터 난다구. 괜히 산에 낑낑거리면서 올라가느니 인간과 인간 사이의 생산적이고 효율적인 일을 해야지 않겠느냐고."

그보다 다섯 살이 어린 아내는 아직 연애 시절의 기억을 일깨우는 힘이 있는 예쁜 눈을 치켜떴다.

"이이가, 정말 농담하는 줄 아나봐. 안 되겠어. 내가 무슨 수를 내야지."

아내는 바로 그날 불문곡직하고 집 근처의 스포츠클럽에 가서 수영 강습권을 끊어왔다. 그날 저녁 밥상을 물린 뒤 다시 가벼운 입씨름이 벌어졌다.

"왜 하필 수영이야. 다른 운동도 많은데."

"아침마다 목욕하는 셈 치면 되잖아요."

이어 아내는 살 빼는 데 수영만한 운동이 없으며 등산이나 조기축구와 달리 눈이 오나 비가 오나 언제나 할 수 있는 게 수영이라고 설명했다. 그 스포츠클럽은 과거에 여야의 거물 정치인이 출입한 곳으로 알려져 있었다. 유명한 만큼 수강료도 만만찮았다. 그러나 문제는 그게 아니었다. 그의 아내가 끊어온 강습권에는 매일 새벽 6시에서 7시, 일주일에 세 번은 강사가 지도하고 세 번은 자유수영이라는 시간표와 함께 '기초반'이라는 글자가 적혀 있는 것이었다.

"내가 왕년에 한강을 헤엄쳐서 왔다갔다한 사람이야. 근데 이게 뭐야. 왜 맥주병 반이야."

"어머, 그랬어? 나는 당신이 물에 들어가면 입만 뜨는 줄 알았는데."

큰소리가 아니라 그는 소싯적에 누구 못지않은 개헤엄 실력을 자랑했다.

"당신이나 가라구. 나는 물에 빠져 죽어도 기초반은 못 가네."

"일단 가봐. 가서 다른 반으로 바꾸면 되잖아."

그는 다음날 새벽에 울며 겨자 먹기로 투덜투덜하며 스포츠클럽으로 갔다. 스포츠클럽의 직원은 날씬하다못해 비쩍 마른 친구였다.

"어떡하죠? 요번 달에는 다른 반 정원이 꽉 찼는데요."

그는 그렇다면 돈을 반환해달라고 했다. 직원은 묘한 표정으로 그의 몸매와 표정을 살피더니 입을 열었다.

"기왕 끊은 거니까 기초반에 한 번만 가보시죠. 지금 수업을 하고 있으니까요. 해보시고 마음에 안 드신다고 하면 곧 돈을 내드리겠습니다."

그가 수영복을 가지고 오지 않았다고 하자 직원은 얼른 수영복을 빌려주겠다고 했다. 그는 다시 투덜투덜하며 수영복으로 갈아입었다. 그게 또 아랫배를 압박하며 꼭 끼는 바람에 궁시렁궁시렁하며 수영장으로 향했다.

막상 수영장에 들어선 그는 자신의 눈을 의심했다. 수십 명의 아리따운 여인들이, 수영복만 입고 물장구를 치고 있었기 때문이었다. 하긴 수영장에서 수영복을 입는 게 이상할 건 없었다. 그러나 그의 입에서는 자신도 모르게 "아이고매" 하는 감탄사가 튀어나오고 있었다. 그는 쑥스러움을 감추려고 뒤따라온 직원에게 물었다.

"수강생이 전부 아가씨들인가요?"

"새벽반은 직장인반입니다. 요번 달에는 남성 신청자가 없었네요."

이윽고 연애 시절 그의 아내를 연상케 하는 늘씬하고 아름다운 미녀가 그의 눈에 잡혔다. 젖은 머리에서 물을 뚝뚝 흘리며 수강생들에게 초보적인 수영법을 설명하고 있는 수영 강사였다. 그는 슬금 슬금 수강생 틈에 끼어들었다. 강사는 그와 눈이 마주치는 순간 의외라는 듯이 눈을 살짝 감았다 떴는데 그 모습이 또 그의 가슴을 사정없이 뒤흔들었다. 그는 속으로 '대한 독립 만세!'를 외쳤다. 왜 그런 말이 떠올랐는지는 알 수 없었지만.

"자아, 지금부터 실습을 해보겠습니다. 모두 물속으로 들어가세요."

강사는 설명을 마친 뒤 자신부터 멋진 자세로 물에 뛰어들었다. 그도 그녀처럼 다이빙하는 자세로 물에 뛰어들려다가 멈칫했다. 기초반에 들어온 이상 초보자처럼 행동해야 한다는 생각이 들었기 때문이었다. 자칫 꼬리를 밟혀 중급반으로 쫓겨갈 수는 없었다. 그는 수영에 대해서는 아무것도 모르는 사십대 초반의 뚱뚱이로서 뭉그적뭉그적 물가로 걸어가 가슴에 물칠을 했고 다른 여자들이 하듯이 사다리를 잡고 어기적거리며 물에 들어갔다.

"반 바꿨죠?"

그날 저녁 아내가 그에게 물었다. 그는 심각한 어조로 대답했다.

"웃기는 데야. 한번 끊으면 딴 반으로 절대 바꿔줄 수 없다는 거야."

"어머, 그런 법이 어디 있어요. 취소해요."

"뭐, 그렇게 할 것까지야 있겠어."

"이이는 돈이 얼만데 그래. 자그마치 칠만 원이에요, 칠만 원. 내

18

가 가서 바꿔올게요."

"아냐, 아냐. 오늘 가서 해보니까 헤엄치는 걸 다 잊어먹었더라구. 기초부터 하는 것도 괜찮을 것 같애."

"좀 이상하다아? 그렇게도 운동을 안 하겠다던 양반이."

"오늘 느꼈는데 운동은 정말 필요한 것 같더군."

다음날 새벽 그는 아내가 깨우기도 전에 벌떡 일어나 쏜살같이 차를 몰고 스포츠클럽으로 갔다. 새벽반의 수강생은 대부분 직장 생활을 하는 젊은 여성들이었다. 남자는 자신밖에 없었다. 그는 세상 사내들이 운동을 안 하고, 특히 새벽에 기초반에서 수영을 하지 않고 무슨 재미로 사는가 의아하게 생각하면서 열심히 물장구를 쳤다.

"자아, 이제 잠수를 하는 거예요. 오래 참는 사람은 상을 주겠어요. 팔로 옆 사람과 어깨를 걸어요. 다 됐죠? 일동 잠수!"

강사의 신호에 따라 그는 잠수를 했다. 한쪽 팔에는 스물댓 살쯤 된 여성이, 다른 쪽 팔에는 서른 살쯤 먹은 처녀가 어깨를 걸어오고 있었는데 나이야 어떻든 그는 무척 행복했다. 그로부터 그는 하루도 빠지지 않고 수영 강습에 참가했다. 눈이 오나 비가 오나 바람이 부나. 수영 강습이 없는 일요일은 참을 수 없이 지루했다. 사는 것 같 지도 않았다. 그의 아내는 의외인 모양이었다.

"수영이 그렇게 재미있어요?"

"아냐. 재미없어. 정말."

"그런데 왜 그렇게 열심이에요?"

"얘기했잖아. 운동이 필요하다구. 게다가 수강료가 얼마나 말이야. 하루라도 빠지면 얼마나 손핸데."

"확실히 운동이 되죠?"

"음."

"다음달에는 나도 배워볼까?"

그는 목구멍 깊숙이에서 으악 소리가 튀어나올 정도로 놀라서 손을 홰홰 저었다.

"안 돼. 당신은 수영하면 빈혈 걸릴 거야. 지금도 얼마나 말랐는데."

"마르긴 뭐가 말라. 나도 요즘 똥배가 나오는 것 같다구요."

"허허 이 사람이. 나만큼 배가 나오면 하라구."

"당신 요즘 날씬해 보여요. 한 달도 안 돼서 배가 많이 들어간 것 같은걸."

"아냐, 난 아직 멀었어. 몇 달은 더 열심히 해야 돼."

한 달이 가고 두 달이 가도 그는 늘 기초반에 머물러 있었다. 그런데 이상한 일이 생겼다. 정작 헤엄을 치려고 해도 기초반 수준 이상으로 헤엄을 칠 수 없는 맥주병이 되었다는 것이었다.

당부 말씀

─다음은 우리 옥산면의 치안과 안녕을 위하야 오늘도 내일도 불철주야 피땀 흘리며 민중의 지팡이로 봉사하시는, 거 뭐꼬, 장안군 하고도 옥산면 파출소장님을 대신해서 나온 김옥출 차석의 당부 말씀이 있으시겠습니다이.

─아, 아, 이 마이크가 왜 이카나. 아, 아, 원투스리포오, 아, 뒤에 잘 들리십니까. (뒷줄: 뭐 기양도 들리는구만 마이크는 뭐하러 써싸. 전기만 닳구로.) 안녕하십니까. 제가 바로 옥산면 파출소에서 소장님을 잘 보필하고 있다가 소장님이 안 계실 때는 소장님을 대신해서 면민의 안녕과 치안을 책임지는 차석 김옥출 경장입니다. 이 화창한 봄날에, 만물이 생동하는 마당에, 바쁘신 중에도 불구하고 이 자리에

나와주신 옥산면 주민 여러분께 깊은 감사 말씀 드리며 인사 올립니다. (앞줄: 빨리 할말만 해여. 돼지 마구 똥 쳐낼 기 태산이구마는. 중간 줄: 아, 인사한다는 기 뭐가 해로웨. 기양 점자이 받아서 보겟도에 넣어 두세.) 아, 아, 다른 게 아니고 말입니다. 옥산면민 여러분. 제발 파출소로 쓸데없는 전화 좀 넣지 맙시다요. 솔직히 이 인간 김옥출이가 차석 모가지를 걸고 말하는 긴데 우리가 작년 한 해 동안에 음주운전 단속한 기 딱 두 건입니다이. 그란데도 약주만 자시만 어르신들이 파출소로 전화를 하시가이고는 음주운전 단속 때문에 논밭에 일을 못 나간다, 밤에 마실을 다닐 수가 없다아, 이카시는데 말이라요. 존경하는 옥산면민 여러분, 주야장천 그런 전화만 받다보이 파출소 전화는 항상 통화중이지요, 누구 집에 도둑이 들고 싸움이 나도 신고접수가 안 됩니다이. 그래도 겨울에는 집에서 전화를 하시더만 요샌 들에서 거 뭐라, 휴대폰 가이고 파출소에 똑똑, 전화를 해가이고 음주단속 좀 하지 마라, 경운기도 못 몰고 다니겠다 카시는데, 아 언제 우리 파출소에서 경운기 단속한 적 있십니까? 제발 부탁이니 파출소에 일없이 전화 좀 하지 맙시다.

　—질문! 질문 있네.

　—아, 석포리 이장님. 말씀하시이소.

　—그랜께 그기 뭐라, 아까 차석님 말씀이 작년에 음주운전을 두 건씩이나 적발을 했다 이기네. 나도 이따가 오도바이를 몰고 집으로

22

가야 할 낀데 아까 조합장 선거하민서 조합 상무가 하도 먹으라 캐서 고마 막걸리를 한잔해삐맀어. 이래다가 걸리마 조합에서 책임을 지나, 내가 책임을 지나. 헷갈린다카이. 단속을 하겠다는 기라, 안 하겠다는 기라?

　─아, 예. 그 소이所以를 말씀드릴 참이라요. 요전 앞세 장석리에서 누구라고 말은 안 하겠지만 우리가 다 아는 아주머이가 신고를 했심다. 거 바깥어른이 평소에는 쥐약 먹은 고양이 겉은데 술만 들어가마 핸들 잡은 호래이가 된다 카데요. 지발 존 일 하니라고 고마 만정이 다 떨어지구로 면허를 뺏아달라 캐서 우리 직원들이 총출동을 해가지고 사고 안 나도록 대문 앞에서 기다리다가 똑 적발해서 면허를 취소해드린 적이 있심다. 그런 거 가지고 우리 원망하시만 안 됩니다이. 본인이 지금 이 자리에 안 계신 거 겉은데, 그래도 제가 그때 느낀 점을 한마디하겠심다. 가화만사성이라야 동네가 핀하고 동네가 핀해야 면이 잘되고 바로 우리 면이 잘 돌아가야 나라도 발전한다 이 말씀임다. 그라고 다음으로 적발한 사건에 대해서 말씀드리겠심다. 여 신기리 이장님하고 새마을지도자 계시지요? 손 좀 드시봐요. 저 계시는구만. 본인이 지금부터 하는 말이 기면 기다, 아이만 아이다 증명을 해주셔야겠다 이 말이라요. 신기리 분교에 새로 온 성이 박이라는 선생이, 성만 말하고 이름은 말 안 합니다이, 나가 마 흔셋인가 하는 선생이 있심다. 다섯 달 전에 왔나 어쨌나 하는데 아,

23

여러 어르신들 아시지만 저도 신기리 출신이라요. 나보다 분밍코 댓살은 어린 사람이니까네 내가 좀 핀하게 말 좀 하겠심다. 이 친구가 술만 처먹으만 핸들을 잡고 동네 한 바퀴를 돌아야 소화가 되는 모양이라요. 내사 그 친구가 신성한 교직에 있고 한참 후배라서 많이 봐줄라 카지요. 그란데 그기 안 돼. 하루이틀도 아이고 일주일에 엿새를 매일 술을 처먹고 동네를 돌민서 세아논 경운기, 트랙터, 담삐락, 지피까리를 틱틱 딜이받아대네. 양심이 있는 놈이만 남의 지피까리 하나라도 떨차놨으마 가서 미안하다, 잘못됐다 하겠구마 그것도 아이라. 지 차가 뽀개지는 건 할 수 없지만, 내 한번 보이 그 차는 더 뽀개질 데도 없더만. 그래다가 지가 가르치는 아나 아들이 키우는 얌새이라도 받으마 우쩔기라. 동네에서 신고가 한두 번 들어온 기 아이라카이. 하도 상습적으로 그 지랄을 한께 우리도 단속을 안 할 수가 없어서 한 달 전에 또 술 처먹고 나온다는 신고전화를 받은 다음에 전 직원이 즉각 비상출동을 해서 바리케이드를 치고 전면적으로 단속을 실시했심다. 바로 요 앞 파출소 앞에서 그 친구를 적발했는데, 첨엔 좋은 말로 타일러서 집에 보낼라 캤어요. 그러나 이 젊은 친구가 얼굴을 홍시겉이 빨가이 해가이고 뻘건 대낮부터 음주운전 단속을 왜 하니, 단속을 할라마 측정을 해보라고 빠락빠락 대드는데 고마 덧정이 없데요. 지가 암마 객지에 와 산다 캐도, 객지에서는 십 년 아래는 호형호제라 캐도 여가 어덴데 지 맘대로 할라캐. 우

24

리 파출소에 음주측정기가 없는 거를 알고서 그란 모양인데 이런 경우 우린 곧이곧대로 합니다이. 시범 케이스로다, 인생공부를 좀 시켜야겠다 해서 순찰차에 태와가이고 측정기가 있는 본서로 보냈심다. 오래간만에 본서에 들어간께 우리 직원들이 인사 닦을 데가 좀 많겠심니까. 인사를 하는 동안에 이 인간이 온다 간다 말도 없이 토꼈어요. 그래가이고 파출소로 돌아온 기 이십시경인데 갑자기 파출소 담에서 꽝, 하고 폭탄 터지는 소리가 나는 기라요. 놀래 뛰나가보이 차는 없고 담에 금이 쪽 가서 곧 무너지기 일보 직전이라. 내가 밤새도록 그 추운 데서 담 무너지까봐 등때기로 받치고 있었심다. 다음날 본인이 직접 그 개자슥을 잡으러 갔심다. 내가, 이 인간 김옥출이가 어지간하면 욕 안 합니다. 그래도 그 인간은 욕먹어도 돼. 아, 이장님 내 말이 틀리마 틀린다 카소. 안 그렇지요? 고맙심다. 하여간 학교 앞으로 가본께 대낮부터 동네 구판장에서 술판을 벌리놓고 앉아가이고는 나를 보자마자 대분에 내 돈 내고 내 술 먹는데 왜 순사들이 포위를 하느냐고 지랄을 또 하는 기라요. 그 옆에 세워놓은 차를 예의 관찰한 결과, 밤바에 명백히 우리 파출소 담색깔하고 같은 뺑끼가 묻었더라 이 말임다. 그래가이고 그 자리에서 단속을 실시했심다. 그래도 체면을 봐서 완전 취소는 안 하고 면허정지 백 일에 벌금 백만 원만 물렸심다. 그런데 그다음부터 한밤중에 직원들 일 나가고 없으마 담삐락 받는 소리가 뺑뺑 나는 깁니다. 나가보마 흰 자가용 한 대가 어둠 속으로 사라지는데, 내 어떤 자슥인지 다 아는데, 걸리기만 하마 삭 삐다구를 추릴 기라. (앞줄: 차석 입에서 춤이 하도 튀서 모 앉아 있겠네. 야, 자리 좀 바까 앉자. 앞줄 바로 뒷줄: 너도 나겉이 채양 있는 모자를 써봐라. 내일모레가 환갑인 기 아들맨쿠로 빵모자를 쓰고 있은께 춤이 튀도 대책이 없지럴.) 말을 하는 과정에서 지나친 부분이 있을 줄 알지만 본인은 어디까지나 사실에 입각하여 말씀드리는 깁니다. 그러니 앞으로는 제발 음주운전하지 마시고, 음주운전 단속하지 말라고 전화도 하지 마시라 이 말씀입니다. 음주운전 단속은 없습니다이. 없다고 방심하지 마시고 알아서 해주시기 바라 마지않습니다. 에, 장시간 동안 본 차석의 말씀을 들어주신 옥산면 팔 개동 이장님 이하 새마을지도자, 부녀회장, 농협회원, 축산농가 대표와 여러 면민 여러분께 감사의 말씀을 드리며 이상으로 읍내 본서에 들어가신 소장님을 대신하여 차석으로서 본인의 당부 말씀을 마치고자 합니다. (서너 명, 시들한 박수.)

파이팅

골볼goal ball을 아십니까? 한 팀 각 세 명의 선수가 번갈아가며 볼링처럼 공을 굴려 상대의 골문으로 보내는데 미식축구처럼 각자의 진영 끝부분 전부가 골문이 됩니다. 공은 농구공만한데 꽤 무거운가 봅니다. 공이 굴러오면 골키퍼처럼, 또는 볼링핀처럼 쓰러지며 몸을 던져 공을 막는 게 수비 방법입니다.

페널티킥 같은 벌칙도 있습니다. 이때는 규칙을 어긴 선수 한 사람만이 골문을 지키게 되지요. 다행히 골문은 축구장처럼 넓은 것은 아니고 배구 경기장만합니다. 불행하게도 혼자 지키기에는 너무 넓습니다. 그러니 반칙을 하지 않는 게 좋겠죠. 반칙 가운데 흔한 것이 경기중에 안대를 벗는 것입니다. 네, 선수들은 경기중에 안대를 쓰고 있습니다. 희한하죠? 고의로 벗는 게 아닌 경우, 곧 벗겨진 경우에는 심판이 시합을 중단시키고 안대를 제대로 쓰게 하죠. 물론 심판도 있습니다. 뭐 없는 게 없죠. 언젠가 텔레비전에서 중계하는 걸보니까 해설자도 있더군요.

해설자의 말에 따르면 이 경기에서 열 골 차가 나는 경우도 많다고 합니다. 다만 국제 경기에서는 세 골 이상 차이가 나는 경우가 드물다는군요. 국제 경기? 아이들의 놀이처럼 단순해 보이는 이 경기에도 국가대표가 있다는 이야기지요. 작전 시간도 있어요. 작전 시간에는 감독이 선수들을 다그치기도 하지요. 왜 조금 더 빨리, 더 힘있게, 더 부지런히 움직이지 못하니! 선수들은 안대를 벗고 묵묵히땀을 흘리면서 감독의 욕을 먹습니다.

경기를 할 때 선수들은 쉴새없이 파이팅을 외칩니다. 공을 굴리기전에, 공을 막은 다음, 한 골을 넣은 다음, 먹은 다음에도 마찬가집니다. 별것도 아닌 경기에서 지겨울 정도로 파이팅, 파이팅, 파이팅, 파이팅입니다. 뭐 말도 못할 정도로 시끄럽지요. 채널을 돌리려는데문득 이런 말이 들립디다.

선수들 대부분은 약시이거나 눈이 잘 안 보이는 사람들이라고 하더군요. 그나마 안대를 끼면 완전히 깜깜해지겠지요. 그런 그들에게"파이팅!"은 나 여기 있다는 서로에 대한 신호지요. 희미하게 보이는세상에서 완벽한 어둠으로 뛰어든 사람들끼리의 존재 확인일 겁니다. 파이팅, 파이팅, 파이팅, 파이팅! 경기가 오래 진행될수록 선수들의 목이 잠기더군요.

　오래 보다보면 절로 눈물이 나는, 선수와 함께 관중도 목이 잠기는 골볼에 대해 말씀드렸습니다.

낮이나 밤이나

십여 년 전 어느 저녁, 나는 어느 지방도시의 뒷골목에 있는 '낮이나 밤이나'라는 술집에 초저녁부터 앉아 있었다. 성탄절 무렵이라 거리는 흥청거렸고 아름다운 사람들은 짝을 지어 붐볐다. 하지만 나는 침울한 기분이었다. 여비가 떨어져가고 있었고 아는 사람 하나 없었다. 나는 마지막 남은 돈으로 하루를 더 연명할 것인가, 아니면 오늘밤 죽도록 마셔버릴 것인가를 선택해야 했다. 물론 나는 후자를 선택했다. 정말이지 죽고 싶었기 때문이다.

나는 술집에 있는 너덧 개의 탁자 가운데 귀퉁이에 있는 탁자 앞에 혼자 앉아 있었다. 안쪽의 널찍한 마루에는 대략 스무 명쯤의 사람이 둘러앉아 있었는데 그중의 한 사람이 지나가다 내 탁자를 건드려서 술을 쏟지만 않았더라면 나는 그 사람들이 거기 있는 줄도 몰랐을 것이다. 그만큼 그들은 조용했고 나 역시 남에게 관심을 기울일 여유가 없었다. 그런데 내 탁자를 건드린 친구는 나를 아래위로 훑어보고는, 미안하다는 말도 없이 제자리로 뭉그적뭉그적 돌아가는 것이었다. 나는 술잔을 바로 세우고 진짜 별 볼일 없는 백수건달답게 그냥 앉아 있었다. 아니 그러려고 했다. 다음 사람, 또 그다음 사람이 반복되는 역사처럼 다시 내 탁자를 건드리지 않았다면.

따지고 보면 그 술집은 좁아터진 주제에 탁자를 너무 많이 놓아두었다. 좁은 까닭에 지나가는 사람이 시름에 겨운 꾀죄죄한 사내의 식탁을 건드릴 수도 있으며 그 바람에 막걸리잔이 뒤집어질 수도 있다. 그 사내에게 그 막걸리잔이 지상에서의 마지막 잔이라 해도. 탁자를 건드리며 지나쳐간 사람들의 허벅지 굵기만 해도 내 허리 굵기는 되는 것 같았다. 그들의 머리는 몸통에서 곧바로 올라붙은 것 같았고 머리는 막 벌초를 한 산소처럼 짧았다. 그러고 보니 그 자리에서 온 사람들은 형제처럼 닮아 있었다. 그들이 형제라고 해서 지나갈 때마다 한결같이 내 탁자를 툭툭 쳐댄다면, 내가 막걸리를 마실 수 없게 될 건 분명했다. 또 내가 앉아 있는 자리가 그들이 앉은 자리에서 화장실로 가는 유일한 길이 아닌 것도, 가장 빠른 길이 아닌 것도 분명했다. 간단히 말해 그들은 나라는 존재를 없는 것처럼 무시하고 있는 것이었다. 그들이 잘 모르는 게 하나 있었는데, 몇 달째 혼자 떠돌면서 제 딴에는 삶에 지칠 대로 지친 나 같은 인간은 막걸리 한 사발 때문에 목숨을 걸 수도 있다는 사실이다. 나는 세번째로 내 탁자를 건드리고 지나간 사내가 화장실에서 돌아올 때까지 그런 생각을 하면서 앉아 있었다. 그러다가 그 사내가 내 옆을 통과할 때 등산화를 신은 발을 통로로 불쑥 내밀었다. 사내는 내 발에 걸리자, 내가 발을 걸었다는 사실을 믿을 수 없다는 듯 나를 내려다보며 이상한 표정을 지었고 한쪽 손으로 다른 탁자를 짚기는 했지만 위대한 중력의 법칙과 또한 위대한 관성의 법칙을 이길 수 없어 요란한 소리를 내며 바닥으로 나뒹굴었다. 그 바람에 다른 탁자까지 요란한 소리를 내며 넘어지면서 사내를 덮쳤다. 그 위에 있던 수저통이며 간장·고추장·식초·소금 따위가 들어 있는 밑반찬통이 퉁겨 날며 갖가지 내용물을 쏟아부었다. 난장판이 가라앉고 사위가 고요해지자 사내는 꼭 내게만 들릴 만한 소리로 중얼거렸다.

"이게 뭐야, 도대체?"

사내들이 우르르 몰려왔다. 그들은 간장 국물이 콧등으로 흘러내리는 사내를 둘러싸고 일제히 외쳤다.

"형님!"

"다치지 않으셨습니까?"

형님이라니? 사내들의 정체를 짐작 못한 바는 아니었으나 내가 발을 건 게 하필 '형님'일 줄이야. 하긴 나는 죽고 싶었으니까 다른

32

사람도 아닌 형님의 코털을 건드렸다면 더 잘된 일이었다. 그런데 이상한 것은 사내를 부축해서 일으켜세우는 사람이 없다는 것이었다. 감히 손을 댔다가는 불경죄로 그 자리에서 목이 달아나기라도 하는 듯, 끔찍한 전염병에 걸린 왕의 신하들처럼 "형님"을 외칠 뿐이었다. 나는 곧 맞아 죽을 값이라도 내 발에 걸려 넘어진 사내가 나자빠진 채로 늙어 죽게 놔둘 수는 없었다. 나는 손을 내밀었다. 사내는 또 나를 이상한 표정으로 쳐다보았고 내가 내민 손을 맞잡았다. 사내는 끙, 소리를 내며 일어서는 동시에 손을 놓았고 그 바람에 나 역시 보기 좋게 나둥그러지고 말았다. 그렇지만 웃는 사람도 염려하는 사람도 없었다. 술집 주인조차 뒷짐을 지고 있었다. 이번엔 사내가 손을 내밀었다. 나는 사내의 손에 매미처럼 가볍게 딸려 일어섰다. 뜻밖에 사내의 얼굴에는 웃음이 돌고 있었다.

"동행이 없으면 한잔하시겠소?"

사내는 정중하게 말했다. 그래서 나는 사내가 원래 앉아 있던 자리로 갔다. 알고 보니 내 손을 잡아준 사내는 그들 중의 맏형으로 막 성탄절 특사로 소년원과 교도소를 거쳐 출감하는 길이었다고 했다. 그들은 모두 소년이었던 것이다! 갓 스물을 넘긴 사내는 이제까지 자신을 넘어뜨린 사람들, 짓밟고 침 뱉은 사람은 많아도 손을 내밀어 일으켜준 사람은 제 평생 처음 본다면서 나를 형님으로 모시겠다고 했다. 그러자 다른 소년들 모두 내게 "형님!" 하고 외쳤다. 그들이 내게 적어도 한 잔 이상씩 건넸으므로 그날 내가 마신 술의 양은 30년도 되지 않는 내 짧은 생애에서도 기록적인 양이었다. 따라서 나는 인사불성이 되었고 그 많은 아우들이 어디 사는지, 뭘 하고 있는지는 물론이고 이름조차 기억할 수 없게 되었다. 다만 한 가지는 기억한다. 아우들은 나 대신 술값을 치렀고 여관까지 데려가 방을 잡아주었던 것이다.

시베리아에서 곰 잡던 시절

　오늘 할 이야기는 그 옛날, 호랑이가 담배 피우던 시절에 시베리아에서 곰 잡던 이야기다.

　그 시절에도 비행기는 있었다. 비행기가 없었다면 어떻게 수륙만리 시베리아까지 갈 생각을 할 수 있었겠는가. 일단 비행기에서 내린 뒤에는 걸어간 사람과 마찬가지로 시베리아의 야성과 직면하게 된다.

　우선 춥다. 영하 이십 도는 보통이고 날씨, 아주 추울 때는 영하 오륙십 도까지 내려간다. 빙원과 설원을 넘어 불어오는 바람 때문에 체감온도는 훨씬 더 내려간다. 젖은 손으로 금속을 잡았다가는 그대로 살갗이 떨어져나간다. 호텔 안은 좀 낫긴 해도 다른 나라 호텔에 비할 수 없이 춥다. 난방을 하긴 하는데 라디에이터에서 스팀이 새는 소리에 제대로 잘 수가 없다. 다행히 거위의 앙가슴 털을 골라뽑아 속을 채운 방한복 덕분에 견딜 만은 하다.

다음날 아침, 교외까지 택시를 타고 나가면 약속대로 안내인이 차를 대령하고 마중을 나온다. 그런데 우리가 타고 갈 차라는 게 자세히 보면 장갑차를 개조한 것이다. 일반 자동차로는 시베리아의 설원을 달릴 수가 없기 때문에 구소련 시절에 남은 장갑차를 개조한 사례가 적지 않다고 한다. 불법인지 합법인지는 모른다. 알아봐야 뭐하는가. 우리는 사냥을 하러 왔지 불법, 합법 따지러 온 게 아니다.

안내인이자 운전기사인 삼십대 초반의 사내는 곰털 옷에 곰털 모자를 뒤집어쓰고 장갑차를 운전하여 끝없는 설원을 달리고 달린다. 처음에는 엔진과 캐터필러 소리가 시끄러워 서로 말도 못 나누겠더니 익숙해지니 자장가가 된다. 잠이 들고 깨며 얼마를 달렸는지 모른다. 무한의 설원 속에서는 시간감각도 방향감각도 사라진다. 침엽수림이 나타난다. 텅 빈 벌판에서 장대한 숲이 나타나니 반갑기 그지없었지만 그 역시 한참을 지나다보니 똑같은 풍경이다. 다시 눈이 감긴다.

차는 이틀을 달리고 달린다. 눈과 숲 속이라 표지판도 없고 미리 준비해둔 나침반 하나 없지만 안내인은 정확하게 우리가 가기로 한 장소를 찾아낸다. 통나무로 만든 숙소에는 주인이 없다. 식당도 없고 칸막이도 없다. 음식 재료는 있다. 그전에 왔던 사람이 눈 속에 파묻어둔 식량이다. 어른 허벅지만한 고기 토막 십여 개가 꽁꽁 언 채 파묻혀 있다. 안내인은 벽에 걸려 있던 도끼로 통나무를 쪼개 불을 지핀다. 고기를 굽고 시베리아의 특산, 알코올 60도짜리 보드카를 꺼낸다. 고기는 통째 구워 칼로 잘라서 입으로 가져간다. 무슨 고기인지는 몰라도 독한 술 덕분에 잘 넘어간다. 특히 기름을 많이 먹어두어야 한다고 안내인은 손짓으로 설명한다. 날씨가 추워서 외지인들은 동상에 쉽게 걸린다는 것이다.

별은 아이의 눈망울처럼 총총하고 바람은 나무 끝에 삭막하게 부니 술 취한 사내들의 가슴에 호기가 인다. 누군가 노래를 부르기 시작한다. 우리의 노래가 끝나자 뜻밖에 안내인의 입에서 익숙한 러시아 민요가 흘러나온다. 노래와 노래가 얽히고 박수 소리와 춤이 어울리는 중에 페치카에서 불은 활활 타오르니 통나무 숙소는 후끈하게 덥혀져 모두들 방한복을 벗어던진다.

다음날 아침 원주민 두 명이 각자의 순록썰매를 끌고 달려온다. 사냥을 도우러 온 사람들이다. 그들의 총은 놀랍게도 화승총을 방불케 하는 구식 장총이다. 러일전쟁 때나 썼던 총이 아닌가. 우리는 놀라워하지만 그들은 아무렇지도 않은 표정들이다. 호랑이만 아니면 어지간한 짐승은 칼만으로도 충분히 잡을 수 있다는 것이다. 안내인이 우리를 위해 준비한 총은 최신식 자동소총이다. 구식 장총을 볼 때와 마찬가지로 우리는 놀란다. 사냥총은 없느냐고 했더니 사냥총이 소총보다 비싸고 입수하기가 어렵다고 대답한다.

이윽고 두 편으로 나뉘어서 사냥을 떠난다. 원주민이 각각 앞장을 서고 그 뒤를 따르는 방식이다. 오래지 않아 커다란 골짜기로 들어선다. 도무지 짐승이 있을 것 같은 형상이 아니다. 너무 크고 넓고 춥다. 작은 짐승조차 눈에 띄지 않는다.

그러나 있다. 황량하고 거대한 자연에 걸맞은 크기의 불곰이다. 한국의 반달곰이—정확하게는 반달무늬가 가슴에 있다 해서 반달가슴곰이지만—큰 것이 길이 1.9미터인데 불곰은 작은 것이 그렇고 가장 큰 종류의 수컷 불곰은 몸길이 2.5미터, 어깨높이 1.3미터이다. 대형 수컷 시베리아 불곰의 몸무게는 대개 300킬로그램가량이다. 겨울철에 동면하지만 동면은 가수면 상태라서 시끄러운 소리가 나면 잠에서 쉽게 깨어난다. 불곰이 좋아하는 서식지는 가문비나무, 잣나무 등으로 구성된 침엽수림이고 곤충의 유충에서 잣이나 도토리 같은 나무열매, 새끼 순록까지 먹는다. 만약 먹을 게 시원치 않으면 방랑을 하며 가축과 농작물을 습격하기도 한다.

우리가 노리는 불곰은 바로 방랑하는 곰이다. 고생을 많이 한 곰은 가치가 높은데, 그 이유는 나중에 말하겠다. 허기지고 추우니 곰도 사는 게 피곤할 것이다. 가축이나 농작물을 습격할 수도 있다지 않은가. 인류를 괴롭히는 야생 짐승은 인류의 적이다. 우리는 인류를 대표하는 사냥꾼이니 이런 곰들을 그냥 둘 수 없다.

곰이다! 곰이 나타났다! 원주민들이 달려간다. 곰도 우리를 발견하고 뒷발로 버티고 일어선다. 엎드려 있거나 바위틈에서 잠을 자는 것보다 훨씬 좋은 표적이다. 하지만 당장 잡지는 않는다. 원주민이 시끄럽게 소리를 지르고 물건을 두드려서 곰이 귀찮아하며 도망을 가게 만든다. 그 이유 역시 다음에 말하겠다.

그런 식으로 가까이 갔다가 멀어졌다 하며 곰을 이틀 이상 쫓아다닌다. 곰은 사람을 공격할 수도 없고 떨쳐뜨릴 수도 없어 짜증과 피곤이 극에 달해 있다. 스트레스 때문에 쓸개에서 많은 담즙이 분비되고 쓸개는 평소의 몇 배는 되게 커진다. 그렇다. 쓸개를 가치 있게 만들기 위해 쫓기만 하고 잡지 않은 것이다. 마침내 잡을 때가 되면 더이상 시끄럽게 소리치거나 물건을 두드리는 일은 하지 않는다. 총을 들고 가까이 가서 쏜다. 멀리서 온 사냥꾼이 결정타를 날릴 기회를 준다. 곰은 사형수처럼 서 있고 총성이 다섯 발쯤 울린다. 싱겁다. 곰이 쓰러지고 원주민이 확인을 하기 위해 다시 칼로 찌른다. 곰은 죽었다. 이상하다. 환호도 기쁨도 없다. 삭은 나무를 쓰러뜨린 기분이다.

곰을 가져갈 수는 없다. 너무 크고 무겁다. 우리는 곰을 시베리아에 두고 가기로 결정한다. 쓸개만 빼고. 원주민들은 솜씨 좋게 곰가죽을 벗기고 자신들이 가지고 갈 고기를 잘라 썰매에 싣고 남은 고기는 통나무 숙소 주변에 파묻는다. 다음 사냥꾼이 그 고기를 먹을 수 있도록. 그 고기를 먹고 힘을 내서 다시 곰을 잡을 수 있도록. 곰들이 알면 질색하겠지만.

밤새 춤추고 노래 부르고 별을 우러른다. 다음날 출발. 장갑차는 다시 이틀을 달려 우리를 도시의 호텔 앞에 내려놓는다. 우리는 호텔방에서 미리 준비해온 헤어드라이어를 꺼낸다. 보조 난방기구냐고? 아니다. 그걸로 밤새도록 곰의 쓸개를 말린다. 고생을 하다 죽은 곰의 웅담은 값이 많이 나간다. 우리는 그렇게 알고 있다. 헤어드라이어의 열풍에 60그램은 됨직한 웅담이 꾸들꾸들 굳기 시작하고 마침내 자그마한 비닐봉지에 쏙 담길 수 있게 작아진다. 그 봉지를 일행 중 하나가 양복 윗주머니에 집어넣는다. 양복? 그랬다. 우리는 방한복 속에 양복을 입고 왔다. 양복 입고 넥타이 맨 채 사냥하지 말라는 법이 있는가. 다음날 양복을 입은 우리는 무사히 검색대를 통과한다. 우리의 여행경비는 웅담을 팔면 충당하고 남는다.

요즘에는 우리 같은 사람들이 하도 많아져서 러시아에서 곰 사냥을 못하도록 단속이 엄청나게 강화되었다고는 한다. 참, 캐나다에서도 미국에서도 우리 동창생들이 한때 곰 사냥으로 혁혁한 명성을 쌓았다는 이야기를 들었다. 무슨 학교 동창이냐고? 그건 말하지 않겠다. 하여튼 우리는 아직 학교에 있다. 우리 학교는 담이 좀 높고 창살이 많다.

누가 염소의 목에 방울을 달았는가

지금은 세계 어디에 내놓아도 손색이 없는 사냥꾼이 있다. 아니, 사냥단이라고 하는 게 좋겠다. 사냥은 사람과 총, 개로 이루어지니까. 사람은 사냥을 하는 사람과 사냥을 구경하는 사람, 사냥이라는 행위보다는 사냥물이 목적인 사람, 사냥을 하기보다는 사냥에 관한 이야기를 좋아하는 사람으로 분류된다. 물론 한 사람이 몇 가지를 겸할 수도 있고 어느 하나에만 속할 수도 있다. 총은 일반적으로 엽총이 쓰이지만 참새 같은 작은 짐승을 사냥하는 데는 공기총도 쓴다. 개는 오리나 꿩 같은 새를 사냥할 때 주로 쓰는 포인터가 있고 멧돼지 같은 대형 사냥물을 추격할 때는 리더견으로 용맹스러운 혼혈견을 쓰고 보조적으로 이도 저도 아닌 잡견을 쓰기도 한다.

사냥은 세상의 다른 분야와 마찬가지로 복잡하고 재미있고 살맛을 주며 동시에 도덕·윤리·정치·사회·경제·철학·종교적 판단의 대상이 되고 자제와 방만, 잔혹과 동정심, 맹목과 합목적성의 선상을 넘나드는 스포츠이자 레저이다. 따라서 세계 어디에 내놓아도 손색이 없는 사냥단이라 할작시면 사격 실력은 물론이고 추격, 포착, 운반에 두루 능해야 하고 사냥물에 대한 이해력, 시력, 판단력, 체력, 직관력, 순발력에 더해 매너(예의)를 통해 도(다도, 검도, 기도가 있듯 사냥에는 엽도獵道가 있다)를 추구하는 정신자세를 갖추었다고 할 수 있다. 아프리카에서 코뿔소를 사냥하든, 시베리아에서 호랑이를 잡든, 북극에서 흰곰을 잡고 남극에서 펭귄을 잡든, 난세에 옥새를 추격하든 사냥이라면 모두 마찬가지의 기본을 갖춰야 한다. 세계적이고 역사적이며 정상급의 사냥꾼은 다 그렇다.

그러나 아득한 먼 옛날 세상에 나타났다 사라지지 않고 여태 존속하는 다른 분야와 마찬가지로 사냥 역시 처음부터 수준 높은 사람과 수준 높은 개, 수준 높은 총, 수준 높은 자세로 임하는 것이 아니고 누구에게나 남 앞에서 털어놓기 힘든 부끄러운 수련 기간이 있으니 이 사냥단 역시 그러했던 것이었다. 그 수련 기간에 이루어진 사냥을 일러 한마디로 '불법 사냥'이라고 한다.

사냥은 사냥인데 불법이란 무엇이뇨. 물론 거룩한 불도佛道와 동의어인 불법佛法이 아니다. 무법과 친구이고 비법非法의 사촌이다.

아무렇게나 해서 불도를 닦을 수 없듯, 아무렇게나 불법을 저지를 수도 없는 노릇, 더욱이 앞서 열거한 바대로 복잡다단한 사냥에서의 불법은 지식과 노력과 의지가 없이는 불가능하다. 사냥에서 불법을 저지르기 위해서는 일단 사냥을 해도 좋은 시기를 알아야 한다. 대한민국에서 사냥을 하도록 정해진 기간은 매년 11월부터 2월 말일까지다. 이 기간이 되기 전에는 경찰관서에 총을 영치해두도록 하고 있다. 총이 있다 해도 사냥 시즌인 겨울 아닌 다른 계절에 사냥을 하기는 사실 쉽지 않다. 우거진 초목 때문에 시야가 가려지고 발이 푹푹 빠지는 논에 사냥감이 숨기 좋은 농작물이 자라고 있어서 돈 줄 테니 사냥을 하라고 해도 사양할 판이다. 아주 많이 주면 몰라도. 또 비린내 나는 풀이나 곡식을 섭취한 사냥물은 냄새가 많이 나고 맛이 나쁘다. 그러나 불법 사냥꾼들은 시즌, 비시즌을 가리지 않고 불법으로 총을 소지하고 다니다가 아무때나 펑펑 총을 쏴대며 사냥을 한다.

또 불법 사냥을 하려면, 정해진 엽장을 알아야 한다. 우리나라에서는 해마다 지역 단위로 돌아가며 사냥을 허용하는 수렵 허가 지역 제도를 시행하고 있다. 불법 사냥꾼은 사냥 허가 지역이 아닌, 제가 사냥하기 좋은 곳에서 제 맘대로 사냥을 한다. 물론 정해진 수렵비는 낼 수도 없고 내지 않아야 제대로 된 불법이다.

불법 사냥을 하려면, 또 총에 대해 알아야 한다. 보통 사냥에 쓰는 엽총으로는 멧비둘기에서 노루, 멧돼지에 이르는 다종다양한 사냥물을 모두 사냥할 수 있다. 그렇지만 불법 사냥꾼은 정상적인 총으로 사냥하는 것에 만족하지 않는다. 그래서는 정상적인 불법 사냥꾼이라 할 수 없고 수준 높은 불법을 기대할 수 없다. 주로 참새나 멧비둘기 같은 조류 사냥에 이용되는 공기총을 불법을 좋아하는 주인이 운영하는 철공소라든가, 총 불법 개조 전문가의 힘을 빌려 월남전에서 위력을 과시한 M16 소총의 화력 수준으로 개조한다. 거기다가 저격용 적외선 망원렌즈까지 장착하면 상당한 수준의 불법을 저질렀다고 할 수 있다. 개조를 많이 하다보면 본래 총을 설계한 사람의 의도나 상식을 벗어난 일이 벌어질 수 있다. 쉽게 말해 사고가 날 가능성이 많은데 이 때문에 해적선 선장처럼 애꾸눈이 된 사람이 더러 있다고 한다. 사실 불법 사냥에 한 눈을 바칠 정도는 되어야(두 눈을 다 바치고 사냥계를 떠나는 것은 불법 분야의 성자의 경지이다) 정상급의 불법에 도달했다 하겠다.

그다음에는 불법적인 도구와 조력자를 구하는 일이 있다. 사냥에는 보통 개를 보조로 쓰지만 불법 사냥에는 코뿔소나 악어, 코끼리, 공룡, 이무기를 가리지 않는다. 사실 호랑이를 잡는 데는 크고 사나운 호랑이를 쓰는 게 최고다. 길을 들일 수만 있다면. 불법 사냥에 가장 많이 동원되는 개는, 개가 아니고 사람이다. 개에게는 불법을 가르치기가 쉽지 않은데다 사람은 개와 달리 도구를 쓰는 존재이므로 사람을 사냥에 쓰면 개가 할 수 없는 요긴한 일, 예컨대 털 뽑기, 요리, 잔심부름 같은 일을 시킬 수 있다.

불법 사냥꾼들은 대체로 밤에 사냥을 한다. 말을 바꾸면 밤에 사냥을 하는 건 무조건 불법이다. 낮에 사냥을 하지 않는 이유에는 여러 가지가 있다. 표면적인 이유는 낮에 사냥을 하는 건 합법이 될 가능성이 높기 때문이다. 또 전날 밤 불법 사냥을 해서 낮에는 자야 하기 때문이기도 하고 휴대전화가 없는 데가 없는 요즘 낮에 불법 사냥을 하면 경찰서에 신고하는 사람들이 늘어나서 그렇기도 하다. 무엇보다도 밤에 사냥하는 가장 큰 이유는 사냥이 쉽기 때문이다.

이쯤에서 불법 사냥을 나가는 불법 사냥단의 장비를 살펴보자. 먼저 불법 개조한 총. 서치라이트. 서치라이트를 조종하는 조력자, 일명 서치맨. 불법 사냥꾼과 서치맨이 타고 다닐 지프. 그리고 불법 사냥에 없어서는 안 되는 인간견人間犬과 이도 저도 아닌 구경꾼(구경꾼이 있어야 이야기가 되고 이야기가 되어야 교훈이 되며 교훈이 되는 고로 천추만대에 족적과 이름이 남는 법이다). 자, 떠나자. 노한 짐승들이 울부짖는 저 캄캄한 벌판으로 아주 떠나버리자.

한밤중에는 산에 있던 짐승들이 먹이를 먹기 위해 산 아래로 내려온다. 차를 타고 가며 서치라이트를 비추면 짐승의 눈은 검푸른 빛을 띠어 사람의 눈에 쉽게 들어온다. 눈을 발견하면 즉시 차를 멈추고 눈이 부신 짐승이 한자리에 가만히 서 있을 때 총으로 쏘아 맞힌다. 인간견이 달려가 짐승을 들고 오면 즉시 다음 장소로 내달린다. 밤이라 총소리가 크게 나고, 총소리가 나면 잠들었던 사람들이 불을 켜게 된다. 불을 보면 짐승들이 사람이 있는 줄 알고 그 장소를 피하게 될 것이니 거기서 시간을 보낼 이유가 없다. 하긴 단잠을 깬 사람 중에 때아닌 총소리에 신고를 하는 사람도 있을 것이고 그럴 리는 없지만 만에 하나 경찰이 출동할 수도 있으며 검문이 강화되기도 한다. 그러니 이동하는 것이다, 멀리멀리, 냅다. 가는 중에도 서치라이트를 비추는데 그러다가 짐승의 눈이 포착되면 정지, 사격, 인간견 출동의 과정이 되풀이된다.

그러나 그날은 사냥단의 불법 사냥이 성공하지 못했다. 날이 희끄무레하게 밝아오는데 밤새 들고양이 하나도 보지 못한 그들의 머리에서는 김이 무럭무럭 솟고 있었다. 평소에는 거들떠보지도 않던 집 잃은 개 한 마리 보이지 않는 것이었다. 아 참, 하나 잊어먹은 게 있는데 사냥의 대상은 법에 허용된 야생 조수鳥獸에 한한다. 인간을 포함해서 인간이 기르는 모든 것은, 그것이 설령 방목중인 킹콩이라 하더라도 사냥해서는 안 된다. 그건 불법 이전의 범죄, 곧 도둑질이기 때문이다. 그렇다면 어느 집에서 기르던 개가 제 의지로 집을 나와서 정처 없이 천리 타국을 떠돌아다니고 있을 때 그 개를 잡는 것은 어떤가. 남의 걸 도둑질하는 건 아니지만 사냥이라고 할 수도 없겠다. 기껏 떠돌이개 사냥하려고 총을 개조하고 지프를 사고 서치라이트를 달고 어쩌고저쩌고 그 밤에 그 난리를 피운단 말인가. 그래서 평소에는 거들떠보지도 않은 것이다. 그렇지만 그날 그 시각 그들은 들개라도 잡고 싶은 심정이었다.

날이 밝아오자 서치라이트를 쓸 일이 없어진 서치맨은 처량한 심정으로 서치라이트를 지프 뒤에 처박았다. 불법 사냥꾼은 불법 개조한 총을 처박고 구경꾼은 머리를 좌석에 처박았으며 운전을 하고 있던 인간견 포함 일행은 화산처럼, 합창처럼 담배연기를 내뿜었다. 그때였다. 어디선가 한 자루 피리 소리, 아니 벌레 소리, 그 둘을 합친 뒤 멧돼지 하품 소리에 들소 방귀 뀌는 소리를 조금씩 섞어 성능 나쁜 앰프로 증폭한 것 같은 이상한 소리가 들렸다. 그냥 간단히 표현하자면 매에, 하는 울음소리였다.

"뭐야, 뭐?"

그들은 시야를 수평으로 반분하는 길고 긴 방죽을 보았다. 그 방죽 위에 검은 염소 한 마리가 밝아오는 동녘 해를 바라보면서 제가 무슨 장닭이라도 되는 듯 우렁차게 울고 있었다. 염소를 발견한 순간 일행의 입에서는 동시에 감탄사가 터져나왔다.

"산양이다!"

하지만 불법 사냥단의 리더는 고개를 단호하게 가로저었다. 양이 아닌 염소라고. 불법 사냥에는 상당한 지식이 필요하다는 말을 했던가. 드물지만 산양은 험준한 산악지대에서 발견된다. 천연기념물이므로 불법 사냥 대상 1호다. 하지만 그들이 발견한 건 산양이 아니라 염소였다. 명백하게도. 다시 서치맨이 소리쳤다.

"야생이다, 야생!"

"자식아, 흑염소가 왜 야생이야."

"야생이 아니면 왜 이 시간에 저런 곳에서 울겠어, 형님. 집도 절도 없다는 거 아냐. 저기서 밤새웠다는 거잖아. 말뚝도 안 보이는데, 형님."

서치맨도 꽤 해박한 지식을 가졌다. 하긴 그렇지 않고는 불법 사냥에 낄 수 없다.

"하여간 가까이 가서 보자고."

그들 중에 불법 사냥에 처음 참가한 구경꾼이 말했다. 차는 논바닥을 덜커덕거리며 넘어가 염소에게 접근했다.

"정말 생긴 건 완전히 야생 빰치겠는데. 저 수염 좀 봐."

"야생이 틀림없다니까, 형님."

"정말 그런가?"

"그래."

"그래?"

"그래!"

일행은 보물섬을 발견한 해적처럼 일제히 두 팔을 들고 만세를 불렀다. 야생이다! 서치맨은 켤 필요도 없는 서치라이트를 꺼냈고 사냥꾼은 불법 총을 꺼내 불법 총알을 집어넣었다. 일행 모두에게서 콧노래가 절로 흘러나왔다. 그런데.

"아냐, 잘 보라구. 목에 방울이 있잖아."

눈이 유난히 밝은 구경꾼이 말했다. 아뿔싸. 서치맨, 인간견, 사냥 꾼은 모두 눈을 서치라이트처럼 부라리며 구경꾼을 노려보았다. 여 러 사람의 눈길을 느낀 구경꾼은 자신의 입을 쥐어박았다. 염소는 계속 울어댔다. 사람들은 침묵했다. 이윽고.

"방울을 자식에게 대대로 물려주는 야생 염소는 없을까. 십대 조 상 중에 염소 우리에서 태어난 염소가 있었다. 그 염소가 우리를 탈 출해 나와서 야생으로 죽으면서 방울을 새끼 염소에게 물려준다 이 말이야. 새끼가 새끼에게 물려주고 또 물려주고 해서 저 염소가 방 울을 물려받았던 말야."

"고양이 목에도 방울을 못 다는 세상에 새끼 염소 목에 어느 미친 염소가 방울을 달아줘. 말도 안 되지."

"말이 안 되는 건 지금 이 자리의 상황이지. 너, 밤새도록 쏘다니 다가 얼어죽은 너구리 한 마리도 못 신고 가서 해장국 먹을 염치 있 어?"

"염소에서 방울이 차지하는 무게를 최대한 고려해도 일 퍼센트가 되느냐 말야. 구십구 퍼센트 야생을 반올림하면 백 퍼센트 순수한 야생이란 말이지."

"총알이 하필 방울에 맞으면 어쩔래."

"난 눈뜨고는 못 쏘겠어. 헌터의 자존심이 있지."

결국 그들은 모종의 합의에 도달했다. 먼저 서치맨이 차에서 내려 고양이 걸음으로 염소에게 다가갔다. 눈을 멀뚱거리는 염소를 잡아 누른 뒤 목에서 방울을 떼자 염소는 순식간에 백 퍼센트 순수 야생으로 변했다. 서치맨이 방울을 울리며 마차, 아니 지프로 돌아왔다. 불법 사냥꾼은 눈뜨고는 못 쏘겠다고 한 공언에 따라 눈을 감은 채 방아쇠를 당겼다. 5미터도 안 되었기 때문에 눈을 감고도 얼마든지 맞힐 수 있었다. 그러나 염소는 힘이 셌다. 한 발을 맞고는 끄떡도 하지 않았다. 두 발을 맞고도 끄떡하지 않았다. 세 발을 맞고도 죽지 않았다. 기관총 같은 위력을 가진 불법 개조 공기총, 불법 총알에도.

불법 사냥꾼은 눈을 떴다. 체면이고 뭐고 방아쇠를 당겼다. 그러나 염소는 힘이 셌다. 네 발을 맞고도 제자리에 꿋꿋이 서 있었다. 노란 눈을 힘껏 뜬 채.

"아이고, 난 더 못하겠다."

결국 비가 오나 눈이 오나 궂은일은 도맡아 하는, 해야 하는 인간견이 몽둥이로 염소를 때려서 기절시켰다. 염소를 싣고 돌아온 그들은 눈이 빠져라 공짜 고기를 기다리던 사람들에게 염소를 넘겨주었다. 그리고는 저마다 생각에 잠겨 해장국을 먹었다.

"이거 몽둥이로 잡은 거야. 자연산을 전통기법으로 잡은 거란 말야."

인간견은 강조했다. 염소를 조리해 먹으려던 사람들은 염소의 온
몸에 박힌 산탄을 골라내느라 애를 먹었다. 불법 사냥단은 아무도
그 고기를 먹지 않았다. 그때부터 그들은 합법적인 사냥으로 관심을
돌리게 되었고 결국 세계적인 수준의 사냥꾼, 아니 사냥단이 되었다
는 말이 불법 사냥계에 떠돌고 있다.

합법 사냥계 거장의 충고

근년에 홍수로 떠내려가 야생화한 염소들이 산천을 떠돌고 있다
고 한다. 야생화하면서 못 볼 꼴을 많이 보았는지 성질이 난폭해져
서 사람을 공격하는 수도 있다. 인적이 드문 곳에서 염소떼를 만나
거든 주의하는 게 좋다. 그 염소들의 목에 방울이 달려 있든, 그렇지
않든.

거짓말에 관하여

신입회원 여러분. 여러분은 진실이 거짓이 되고 거짓이 진실이 되는 그날을 위해 목숨을 다하여 한 방울의 피까지 바치겠다고, 위대한 거짓말의 제단에 엄숙히 맹세했다. 이제 본인은 전세계거짓말쟁이협회 200억 회원과 5만의 원로원, 2만의 호민관, 10만 7천의 집정관, 19만 5400의 재무관, 4만 3천의 감사관, 1천만의 판관, 그리고 5천의 총독을 대신하여 여러분의 입회를 진심으로 환영하며 몇 가지 당부를 하고자 한다.

역사적인 거짓말쟁이에는 대부분의 제왕, 역사가, 법률가, 성직자, 과학자가 포함되어 있다. 믿지 못하겠다면 투키디데스, 헤로도토스, 타키투스, 마르코 폴로, 마키아벨리를 읽어보거나 알렉산더,

칭기즈칸, 나폴레옹, 아틸라, 진시황 같은 정복왕들의 생애를 참고하라(나 같으면 그 많은 걸 읽고 참고하느니 그냥 믿겠다). 어떻게 민중을 속이는가, 어떻게 절묘하게 적을 속여 나에게 승리와 영광을 가져오는가 하는 것이 바로 역사인 것이다.

여러분은 다행히 위에 열거한 과거의 영웅들처럼 역사를 만들 힘겨운 의무는 없다. 여러분 각자 개성적인 거짓말쟁이로서 인생에서 맡은 바 책무와 일상의 평안, 작은 즐거움을 추구하기만 하면 된다. 여러분 가운데는 소설가, 만화가, 배우, 예술가, 매니저, 평론가, 광고업자, 군인, 운동선수, 사업가, 첩보요원, 앵커맨 내지는 그 지망생이 들어 있다. 여러분은 모두 거짓말을 얼마나 그럴싸하게 잘 구사하는가에 따라, 어떻게 잘 속이는가에 따라 '얼씨구 그놈 참 잘한다'는 칭찬을 듣고 성공적인 삶을 살아갈 수 있게 된다. 서로 의심하지 말지니 여러분 가운데 정치가는 없다. 하다못해 그들의 떨거지인 보좌관, 정상회담장의 웨이터, 국제연합의 대사 같은 닳아빠진 인간도 없다. 그들은 너무 뻔한 거짓말을 해서 거짓말쟁이의 품위를 떨어뜨리기 일쑤다. 또 우리 중에는 경제학자, 고등수학자, 핵물리학자, 점성술사도 없다. 그들이 믿고 있고 주장하는 거짓된 진실은 진실한 거짓말보다 훨씬 악질적으로 많은 사람들을 오도할 우려가 있는 것이다.

여러분. 거짓말은 무엇인가. 그것은 인생을 기름지게 하고 인간의 상상력을 우주의 차원으로 넓혀주는 것이다. 거짓말은 진실이라는 딱딱한 빵 속에 든 슈크림처럼 의외의, 달콤하고 살살 녹는 이야깃거리와 즐거움을 준다. 거짓말이 없는 인생은 고무줄 없는 팬티요, 팬티 없는 팬티용 초인장력 고무줄이다.

인류 최초로 거짓말을 한 사람의 기록은 지금으로부터 3만 5천 년 전 스페인의 동굴벽화에 남아 있다(그때는 스페인이 아니었다). 매머드를 목 졸라 죽이는 사냥꾼의 그림이 그것이다. 우리의 선각자인 어느 깜찍한 거짓말쟁이가 매머드를 개구리쯤으로 생각하고, 죽을 때까지 몽둥이찜질을 해서 죽였다고 매머드를 보지도 못한 동료들에게 거짓말을 했을 것이다. 그 거짓말에 넘어간 동료 가운데 그림작가가 자신의 거짓말을 살짝 보태 여럿이 새끼 매머드를 사냥하는 그림을 그렸다. 세월이 흐른 뒤 바로 그 옆자리에 어느 책임감 강한 후배작가가 커다란 수매머드를 혼자서 목졸라 죽이는 그림으로 최초의 기념비적 거짓말을 마무리했다. 그런데 현대의 고생물학자들은 당시 알프스 산맥 이남의 온난한 지역에는 매머드가 존재하지 않았다고 말하고 있다. 우리 모두 그 동굴벽화를 남긴 위대한 선조의 후예로서, 고생물학자와 동시대를 사는 현대인으로서 어느 녀석이 거짓말을 가장 그럴싸하게 하고 있는지 연구해보기로 하자.

그래, 거짓말을 잘하려면 어떻게 해야 하는가. 백여 년 전 본 협회의 준회원이었던 미국 작가 마크 트웨인은 '거짓말에는 869가지가 있다'고 거짓말을 했는데(사실은 마크 트웨인과 나의 거짓말까지 포함해서 871가지다) 가짓수야 어떻든 그 거짓말에 공통적이고 필수적인 요소는 기억력이다. 기억력이 나쁜 사람은 초보적인 거짓말쟁이도 될 수 없다. 진정한 거짓말쟁이는 자신이 그것을 진실로 믿을 수 있을 때까지 끈덕지게 거짓말을 할 수 있어야 한다. 그러자면 그전에 자신이 했던 거짓말이 어떤 것이었느냐를 기억하고 있어야 한다는 말이다. 내용뿐만 아니라 어조, 반응, 감정, 사투리, 뉘앙스, 몸동작까지 모두 기억해두어야 거짓말쟁이로 인정받을 수 있다.

다음, 이제 막 알에서 깬 여러분에게는 조금 어려운 이야기가 될지도 모르겠는데 거짓말을 할 때는 그 거짓말을 듣는 상대가 생각할 수 있는 여지를 남겨둬야 한다는 점이 중요하다. 이렇게 해석해도 되고 저렇게 해석해도 되도록. 우리와 일맥상통하는 길을 걷되 그 길 아무데서나 판을 벌이는 야바위꾼처럼 천한 점쟁이들을 보라. 그들 가운데서도 유능한 점쟁이는 절대로 단정지어서 얘기하지 않는다. '천랑성이 자미성을 북으로부터 범하였으니 먼 나라에서 불길한 소식이 올 것'이라는 식으로 모호하게, 알아서 제 경우에 맞춰 생각할 수 있도록 해야 뒤탈이 없다. 절대로, 틀림없이, 확실히, 명백히, 목숨을 걸고 장담하는데…… 이따위 말을 입에 담아서는 절대로, 확실히, 명백히, 목숨을 걸고 장담하는데 훌륭한 거짓말쟁이가 될 수 없다.

또한 거짓과 진실에 관해 다툴 때 거짓으로 승리하려면 반증의 가능성이 없도록 말해야 한다. 우리끼리의 말이라거나(우리밖에는 아는 사람이 없을 경우), 죽은 자가 한 말이라고 하거나(죽은 자는 말이 없으니까), 우리와 이해관계가 일치하는 사람의 입을 빌리거나 혹은 적의 입을 통하여(그 말을 아무도 믿지 않을 것이므로) 진술을 하는 것이 방법이다.

위대한 거짓말 세계의 신생아 여러분. 거짓말에 대해 부끄러워해서는 안 된다. 거짓말은 선천적인 것이다. 어차피 인간의 말 속에는 거짓이 섞일 수밖에 없다. 후천적으로, 억지로 배우는 것은 거짓말을 하지 말라는 도덕률이라는 거짓말이다. 타고난 것을 부끄러워할 필요가 있을까. "거짓말 마" 하는 말에 "응, 안 할 거야"라고 즉각 거짓말을 할 수 있어야 진정한 거짓말쟁이가 될 소질이 있다. 어떤 사람들은 발각되면 큰 망신을 당할지도 모르는 위험에도 불구하고 거짓말을 퍼뜨리는 데 크나큰 즐거움을 느낀다. 내 운전기사가 그렇다. 이 녀석은 내가 초과근무 수당을 준 적이 없는데도 오로지 거짓말을 하려는 충동을 못 이겨 자신이 초과근무 수당을 벌써 두 차례나 받았다는 거짓말을 눈도 깜짝하지 않고 해치운다. 협회 살림에는 상당히 보탬이 되는 일이지만.

기타 사항. 거짓말에는 순수한 거짓말, 지독한 거짓말, 그리고 통계가 있다는 정말도 있다(이 말은 영국의 정치가이며 희대의 거짓말쟁이인 디즈레일리가 했다고 하는데 디즈레일리의 어록 그 어디에도 그런 말을 찾을 수 없다. 그런데도 마크 트웨인이 한 번 디즈레일리가 그랬다고 거짓말을 한 이후 멍청한 몇몇 장군들이 그 말을 따라서 인용했다). 그리고 사실에 입각한 진실보다 훨씬 우위에 있는 도덕적 진실에 합치하는 거짓말은 거짓말이 아니라는 거짓말이 성립한다. 자연도 우리의 친구인 거짓말쟁이다. 지구가 둥글다는 걸 알면서도 언제나 평평한 것처럼 표현하지 않는가. 지구가 태양을 돈다면서 언제나 태양이 우리를 도는 것처럼 보여주지 않는가.

친애하는 회원 여러분. 태어나면서부터 죽을 때까지 생각과 말, 행동, 계획, 실행 등 모든 분야에서 백 퍼센트 거짓말로 일관하던 인물은 아직까지 없었다. 가장 가까이로 근접한 사람이 있을 뿐이다. 완전히 진실하지도 않고 거짓으로 가득찬 것도 아닌 반쪽짜리 얼뜨기 같은 세상에서 멍청하게 사느니 진정한 거짓말쟁이로서 스릴 있고 흥미로운 삶을 살도록 하자.

거짓말 만세. 전세계거짓말쟁이협회 만세. 거짓말이 지배하는 역사여, 영원하라.

거짓말 기원 이백만육백칠십오년, 사벌왕국의 마지막 왕자, 모든 가난한 이의 친구, 최고의 시인, 예언자, 마술사, 2002 바이칼호 대탐사단 단장, 난베이차오南北朝 시대 언어 연구가, 착한 아버지가 되려는 시민의 모임 96지구地區 간사, 금정 컴퓨터크리닝 세탁

소 주인(많은 이용 바란다), 전세계거짓말쟁이협회WWLC 서기장으로
부터.

속도광

어느 날 스튜디오로 낯선 목소리의 전화가 걸려왔다. 상대는 내가
성말구인가고 물었다. 나는 팬들에게 걸려오는 전화 가운데 하나인
줄 알고 그렇다고 대답했다. 그러면 그들은 "오빠, 어쩌면 그렇게 노
래를 잘해요?" 내지는 "선생님의 시를 통해 재생의 의욕을 얻었습니
다" 또는 "내년에는 노벨평화상을 꼭 타세요" 하는 게 보통인데 전화
를 건 사내는 대뜸 내게 욕부터 하기 시작했다. 그것도 아주 진한 한
반도의 동남쪽 지방 사투리로, 시골의 녹슨 펌프 같은 소리를 내가
며. 그의 욕은 압축적이고 핵심을 지적하고 있다는 점에서 시에 가
까웠고(내가 어떻게 태어났는지, 내가 인간의 어떤 신체기관과 닮았는
지, 어떻게 그 기관을 쓸 것인지, 장차 죽어지면 어떻게 될 것인지에 관

해 상기시켜주었다) 가락과 후렴을 담고 있다는 점에서 노래가 될 만
했고(내가 어떤 짐승으로부터 유전자를 물려받았는데 그 짐승도 대여
섯 가지로 다양함을 보여주었다) 한마디 대꾸할 틈도 없이 퍼붓는다
는 점에서 소나기처럼 시원했다.

　그가 욕을 하다 말고 사레에 걸려 캑캑거리는 틈에 나는 간신히
도대체 내가 어떤 잘못을 했기에 그러시느냐, 말씀을 해주십사고 정
중하게 말했다. 그는 오늘 조간신문에서 나에 관한 기사를 봤는데,
고향이 동해 바닷가가 아니냐고 했다. 나는 그렇다고 대답했다. 그
는 고향을 떠나온 뒤 한 번도 고향에 가본 적이 없지 않느냐고 했다.
나는 다시 그렇다고 대답했다. 그는 다시 우박처럼 욕을 퍼붓더니
나 같은 인간 때문에 고향에 노인들만 남은 것이며 엊그제 텔레비전
에 아무개가 진행하는 아무개 프로그램에 아무개가 나와서 아무개
야 구멍난 양말 꿰매났다, 제발 돌아오라고 해서 전국적으로 눈물을
찔찔 짜게 만드는 사태가 발생한 것이 아니겠느냐고 다그쳤다. 하나
같이 맞는 말뿐이어서 나는 깊이 반성한다고 대답했다. 그러자 그
는 자신이 나의 초등학교 동창이라는 것과 이름을 밝히면서 자신을
알겠느냐고 물었다. 나는 모르겠다, 하지만 기억하려고 애쓰고 있으
며 기억하지 못하는 수많은 사람들에게 한꺼번에 미안함을 느낀다
고 말했다. 그는 사춘기 아이들 취향에 영합하는 간지러운 유행가며
화장실에서나 읽을 시 나부랭이로 좀 유명해지면 다냐, 그렇지만 목

소리를 들으니 용서할 것 같다고 해주었다. 난 눈물이 나도록 고마웠다.

"반갑네, 반가워. 그래 그동안 뭘 하고 지냈어?"

"나? 나야 한마디로 멋지게 살고 있지. 내가 누구냐. 열 살 때 돌섬까지 왕복한 사람 아니냐. 단군 이래 최연소 기록이었지. 그 정신이면 어디 가도 먹고산다."

고향 해안에서 백여 미터 떨어진 바위섬인 돌섬까지의 왕복 수영은 아이들에게는 죽음을 각오한 성인식이나 마찬가지였다. 나는 중학교 때 고향을 떠나왔기 때문에 그 성인식을 치르지 못했다. 그는 그 성인식 이후, 죽도록 외롭고 배고픈 시절을 보낸 것, 군대 시절 이름을 밝힐 수 없는 특수부대에 근무한 것, 거기서 역시 내용을 밝힐 수 없는 중요한 임무를 수행함으로써 나라와 민족을 지켜낸 것, 아이들을 자신과 같이 강인한 인간으로 키우기 위해 해마다 두 번, 고향에 있는 해발 999미터의 산에 장비와 식량 없이 올려보내고 있다는 것 등등을 장황하게 이야기했다. 나는 그가 점점 자랑스러워지기 시작했다.

"그래, 고향은 자주 가?"

"그럼, 한 달에 한 번은 가지. 너는?"

"나야 뭐 시간이 있어야지. 이젠 아는 사람도 별로 없고. 그나저나 너무 멀잖아."

그러자 그는 다시 목청을 돋워 내 게으름과 무관심을 꾸짖은 다음, 세 시간 반이면 고향까지 충분히 닿는데 멀긴 뭐가 뭐냐고 했다. 고향까지는 대충 따져도 300킬로미터가 넘었고 고속도로보다는 큰 산을 넘는 꼬불꼬불한 국도를 따라가는 노정이 더 많았기 때문에 내 능력으로는 다섯 시간은 잡아야 할 터였다.

"어떻게 그렇게 빨리 가?"

"그냥 열심히 하는 거야, 열심히. 하긴 아무나 그렇게 되는 건 아니지. 너 같은 뚱뚱이에다 게으름뱅이는 열 시간이 걸려도 고향 냄새를 못 맡을 거다."

뚱뚱한 것과 냄새하고 속도가 어떤 상관이 있는지 따지려다 나는 참고 말았다. 어떻거나 나는 20년이 지나도록 고향 한번 가지 않은 죄인이니까. 나는 그와 함께 다음 명절에는 꼭 가겠다고 약속했다. 그가 모는 초특급 번개호를 타고.

"사실 난 카레이서야."

그는 그제야 자신의 직업을 밝혔다. 오오, 카레이서! 나는 탄성을 질렀다. 나는 그가 돌고래처럼 생긴 스포츠카를 날렵한 솜씨로 모는 광경을 상상했다. 영리하고 다부졌던 그의 어릴 적 모습이 거의 떠오를 것 같았다.

"고향에 한 번 갈 때마다 최소한 이백 대는 추월하지. 위험? 길 위에 오래 있으면 오히려 사고 날 확률이 높아지는 거 아니겠어? 운전

할 줄도 모르는 것들이 너도나도 차들을 끌고 나오잖아. 사실 나 혼
자 가면 두 시간 반이면 가.”

나는 아, 하, 아하 하고 계속 감탄사를 내질렀다.

“그게 다 어린 시절에 전국 최고 수준의 초등학교에서 전국 최고
의 선생님한테 교육을 받은 덕분이지. 기억나냐? 우리 오학년 때 선
생님이 제정한 급훈. 하면 한다.”

그는 급훈에 이어 1학년부터 6학년까지 담임선생님의 이름을 열
거하며 또 나를 혼내려고 했는데, 그때부터 느낌이 이상해지기 시작
했다. 내가 아무리 고향을 떠난 지 오래되었고 배은망덕한 인간이라
해도 담임선생님 이름쯤은 외우고 있었던 것이다.

“아냐, 그 이름이 아닌데. 아니라구.”

“이 자식 좀 보게. 그럼 네가 성말구가 아니란 말이야?”

“내 이름은 맞지만 오학년 때 선생님은 남산 밑에 사셨는데 내가
도시락을……”

“남산은 읍에 있는 거 아냐, 우리 미리면에는 동산이……”

“미리면? 그럼? 거기 우리 종가 있는 곳?”

그제서야 모든 것이 명확해졌다. 그는 읍에서 30리쯤 떨어진 면
에 있는 우리 집안의 집성촌에서 가까운 동네에 살았던 것이다. 거
기에는 같은 항렬을 쓰는 아이들이 많았으므로 이름과 고향만으로
는 사람을 혼동할 수도 있었다.

"이거 미안해서……"

하긴 내 팔자에 무슨 카레이서 친구가 있단 말인가. 나는 그의 나이를 물었다. 머뭇거리면서 대답하는 그의 나이는 나보다 다섯 살이나 어렸다. 어색한 침묵이 흘렀다. 밀린 일 때문에 방송국이며 매니저에게서 걸려올 전화가 많았다. 나는 곧 전화를 끊어야 했다.

"하나 물어봅시다. 고향까지 두 시간 반이면 간다고 했죠? 그렇게 빨리 가면 뭐하는데요? 그렇게 시간을 아껴서 어떤 보람 있는 일을 하나요? 양로원에서 자원봉사를 한다든가, 에베레스트를 무산소 등정한다든가."

며칠 후 텔레비전에서는 고향으로 가는 기나긴 차량 행렬을 비추었다. 그 역시 그 행렬에 섞여 있을 것이었다. 그는 이렇게 말했다. 평소에 빨리 가면서 아낀 시간을, 명절에 고향 가는 느릿하고 기나긴 행렬에 섞여 길에 돌려주는 것 같다고. 그래서 명절에 고향에 가는 거라고. 속절없이 길에 시간을 빼앗기면서도 그는 행복할 것이다. 내가 쓸쓸한 만큼.

도선생네 개

내 이웃에는 도선생이 산다.

2천여 년 전에 도둑을 들보 위의 군자梁上君子에 비유했듯이, 20여 년 전에는 도둑을 '도선생'이라고 불렀다. 내가 시골 가서 살면서 도선생과 담 하나를 사이에 두고 있다고 하니 나이가 좀 든 사람들은 웃지도 않고 '정말 괜찮으냐'고 물어오기도 했다. 물론 내 이웃은 도둑이 아니다. 성이 도씨인 까닭에, 그가 또 면소재지의 중학교에서 서무 일을 한 적이 있었다는 것 때문에 사람들이 도선생이라고 부르는 것이다.

도선생은 개를 키운다. 개 이름은 두만인데, 도선생이 가장 좋아하는 노래이자 술을 마시면 소리쳐 부르는 "두만강 푸른 물에"로 시작하는 노래의 맨 앞부분을 따왔다. 두만이는 셰퍼드다. 셰퍼드는 사냥·사역·목양·경비·수색 등에서 만능인 개이고 품위에서도 개 중의 개라고 도선생은 설명한다. 그런데 도선생의 두만이는 100퍼센트 셰퍼드는 아니고 토종개의 피가 2할 5푼쯤 섞였다. 좋게 말하면 셰퍼드의 능력과 토종개의 적응력이 고루 갖추어져 있는 것이고, 나쁘게 말하면 사람의 배설물도 서슴지 않고 먹는 토종개의 먹성에 주인이 사냥·사역·목양·경비·수색하고는 아무 관련이 없는 농부이므로 매일 처먹고 잠만 자는 게을러터진 성격을 가진 개로 보이기도 한다. 하긴 가져갈 것도 거의 없는 우리 동네에 도둑이 들 리 없으니 개가 특별히 지킬 것도 없었다.

몇 해 전부터 우리 동네를 감돌고 흐르는 강변에 소위 전원주택이라는 게 하나둘 들어서기 시작했다. 물 좋고 경치 좋은 곳에 자리잡은 그 집들에는 예외 없이 서울 같은 대도시에서 온 사람들이 살았다. 한씨도 3년 전에 잡지 화보에서 오려낸 듯한 하얀 이층집을 짓고 우리 동네 끄트머리에 살게 된 사람이다. 당연히 한씨는 농사를 짓지 않았다. 내가 보기에는 주말마다 가족 단위로 몰려오는 서울 친구들을 이끌고 우리 마을이 자신의 영지라도 되는 것처럼(물론 마을 안의 논밭에서 땀흘리며 일하는 우리는 농노로 보일 것이다) 순시하는 게 일이었다.

그런데 개는 주인을 닮는다더니 한씨가 키우는 개가 꼭 제 주인처럼 행세하는 게 못 봐줄 일이었다. 한씨는 자신이 키우는 개가 북한의 최고, 최대의 풍산개 연구소에서 극비리에 유출되어 연변을 거쳐 우리나라에 들어온 종자라고 했다. 한씨가 털이 희고 길다는 것만 빼면 동네에 흔한 토종개 비슷한 그 개를 안고 와서 그런 이야기를 했을 때만 해도 우리 마을에서는 풍산개를 본 사람은커녕 이름을 아는 사람도 거의 없었다. 풍산이 어디 남쪽 동네냐고 물을 정도였으니까. 한씨는 그 풍산개를 연변에서 인천으로 들여오기까지 무슨 정보기관과 긴밀하게 협조했으며 그 개가 유출됨으로써 북한에 큰 파장이 일어 개 관리에 비상이 걸렸다고 했다. 또 그 풍산개는 사람에게는 절대 복종하는 성질이라 도둑이 와도 짖기는커녕 꼬리를 흔들 정도이지만 짐승에 대해서만은 자신과 맞서는 것을 절대 허용하지 않는다고 했다. 그렇게 말을 하고도 그 개를 풀어 기르며 동네방네 돌아다니게 하는 처사는 참 모를 일이었다. 마을에 짐승이 없으면 몰라도.

내가 보기에 한씨는 어떤 짐승이든, 특히 개는 감히 그 개와 맞설 수 없다는 걸 보여주려는 것 같았다. 우리가 그 개를 무시한 적이 없었고 가짜라고 의심한 적도 없었고 그 개에 맞설 만한 사연이며 핏줄을 가진 개를 키우지 않는데도. 그 풍산개의 이름은 희고 긴 털에 어울리는 '백호'였다. 흰 호랑이라는 의미였고 실제로 풍산개는 호랑이 앞에서도 굴하지 않는 용맹성을 지녔다고도 한다. 그러나 그 개가 못마땅한 사람들은—우리 동네 인구의 95퍼센트쯤에 해당한다—'백야시(백여우)'라고 불렀다.

그 사건은 내가 도선생과 함께 그의 밭에 고추 모종을 내고 돌아와 점심을 준비하는 동안 일어났다. 두만이는 늘 그랬듯이 밥을 기다리며 제집 앞에 앉아 졸고 있었다. 두만이는 한 번도 사람이든 다른 짐승이든 공격해본 적이 없었지만 덩치 때문에 밖에 내놓을 수 없어서 늘 줄에 묶어놓고 있었다. 그런데 그날도 어김없이 흰 그림자가 얼씬거리더니 백야시가 나무판자로 엮은 야트막한 담 너머로 지나가는 게 보였다. 보통은 백야시가 별일 없지, 하는 거만한 표정으로 턱을 쳐들고 사오 초 만에 지나가곤 했다는데 그날따라 이상하게 호랑인지 여우인지의 꼬리가 도선생의 대문 문턱을 넘어섰다. 짐승끼리는 사람이 모르는 신호나 감각이 있는 법이다. 졸고 있던 두만이가 눈을 뜨더니 고개를 번쩍 들었다. 마침 백야시와 눈이 마주치자 두만이는 어딜 감히, 하는 표정으로 벌떡 일어났다. 백야시는 평소에 두만이가 줄에 묶여 있다는 걸 잘 알고 있었으므로 뭘 놀라고 그러시나, 하고는 느긋하게 돌아서서 가려고 했다.

그런데 두만이가 고개를 툭 젖히자 웬일인지 말뚝에 묶여 있던 줄의 고리가 훌렁 벗겨지는 게 아닌가. 목을 구속하던 줄이 느껴지지 않자 두만이는 잠시 어리둥절한 듯했다. 그러나 그것도 잠시였고 쏜살처럼 내달려 돌아서서 가고 있는 백호의 뒤를 쫓아가더니 목을 냅다 물었다.

　토종인 어미의 피를 받아 진짜 셰퍼드에 비해서는 작은 몸집이었으므로 두만이가 문 것은 백호의 목 아래쪽이었다. 느닷없이 기습을 당한 백호는 처음에는 목을 흔들어 두만이를 떼내려고 했다. 그러자 두만이는 바싹 더 다가들며 헐거웠던 부분을 조였고 이빨이 완벽하게 백호의 목을 파고들었다. 위기를 느낀 백호가 안간힘을 쓰며 두만이를 물려고 했지만 두만이는 고개를 젖혀 백호의 이빨을 피하면서도 백호의 목은 절대 놓지 않았다. 백호의 흰 목이 자신의 피로 붉게 물들기 시작했다. 이윽고 백호의 저항이 완전히 멈췄다. 도선생은 속으로는 좋으면서도 "저놈의 개새끼가 물 건너 온 남의 비싼 개 삭 물어 쥑이겠네" 하고 엉덩이를 털며 일어섰다.

　"야야, 두만아. 너 그러다 그 개 죽으면 네가 몸 팔아서 개 값 물어줄 테냐? 이놈아, 빨리 놓으란 말이다."

　도선생은 두만이의 다리를 붙잡고 떼내려고 애를 썼다.

　"그래가지고는 안 떨어지겠네. 물이라도 뿌려요."

　내가 말하자 도선생은 고개를 절레절레 흔들었다.

　"그거야 저희끼리 좋아서 붙어 있을 때 이야기고. 하이고, 이제 어쩔거나."

　도선생은 처마밑에 쌓여 있던 장작개비 가운데 하나를 집어들면서 중얼거렸다.

"좀 아프기는 하것다마는."

도선생의 팔이 공중으로 들어올려졌다 힘차게 아래로 떨어졌다. 장작개비는 딱, 소리를 내며 백호의 목을 물고 있는 두만이의 이마를 정확하게 맞혔다.

"이래도 안 놔? 못 놔?"

장작개비가 두 번 세 번 두만이의 이마를 맞히자 두만이의 이마가 조금 찢어진 듯했다. 결국 두만이는 백호의 목을 문 입을 풀었다. 백호는 숨을 가쁘게 내쉬며 주저앉았고 두만이는 이마에 피를 흘리며 끙끙거렸다. 도선생은 자신이 때려놓고도 걱정이 되는지 두만이를 바라보다가 갑자기 밥그릇을 들고 뒤꼍으로 달려갔다.

평소에 잘 먹고 잘 살던 백호가 먼저 기운을 차렸다. 백호는 눈치를 슬슬 보며 대문 쪽으로 걸어갔다. 백호가 대문 근처에 가까이 갈 때까지 가만히 있던 두만이가 갑자기 몸을 솟구쳐 달려가서 백호의 앞을 가로막았다. 올 때는 네 맘대로 왔어도 갈 때는 네 마음대로 못 간다는 뜻 같았다. 백호는 두만이가 달려오자 즉시 뒷다리를 꿇고 제자리에 주저앉았다. 두만이가 낮게 짖었다. 만족스러운 그 소리는, 지금 나를 보지 않고 어딜 보느냐고 세상에 외치는 것처럼 들렸다.

이윽고 도선생이 된장을 그릇 가득 퍼서 가져왔다. 그러고는 두만이의 상처에 된장을 큼직하게 뭉쳐서 바르고 그 위를 처매기 위해 자신의 구멍난 셔츠를 찢었다. 그러는 사이 다시 백호가 슬슬 뒷걸음질로 도망을 갔다. 주인이 된장 덩어리를 매주기를 기다리던 두만이는 다시 잽싸게 백호에게 달려가 여지없이 뒷다리를 꿇고 복종하게 만들었다. 도선생은 땅바닥에 떨어진 된장을 들고 가서 백호의 이마에 처매면서 연신 "어이구, 내 새끼"를 외고 있었다. 치료가 끝나자 백호가 공손히 일어서서 물러갔다. 두만이는 위엄 있게 먼산을 바라보면서 백호가 물러가는 것을 방치했다.

나와 도선생은 조금 전에 일어난 일에 대해 잠시 이야기를 나누었다. 이제 우리 동네 개들의 역사에서 백야시의 시대는 가고 두만이의 시대가 시작된 게 아니겠는가. 사실 개 이름이 백호라니, 지나가던 개가 웃을 일이 아닌가. 개는 역시 핏줄인데 핏줄 하면 셰퍼드가 아니겠는가. 순종보다는 토종의 피가 섞인 잡종이 훨씬 더 생명력이 강하지 않겠는가. 어딜 감히 정체도 불분명한 개를 가지고 동네 사람들에게 허세를 부리려 했단 말인가. 그렇다고 우리가 기죽을 사람들인가. 우리의 입에서 침이 마를 지경이었는데 머리에 아이 주먹만한 된장혹을 단 두만이가 밖으로 천천히 걸어나가는 것이었다. 그러더니 일 분도 되지 않아 갑자기 이웃집에서 세숫대야 뒤집히는 소리와 독 깨지는 소리가 요란하게 났다.

이웃집의 개는 이제까지 벌어진 일을 모두 귀와 눈과 냄새로 파악하여 잘 알고 있었다. 두만이가 순찰의 일환으로 제집 대문을 통과하자 놀란 나머지 줄이 묶인 집을 끌고서 도망을 가려고 몸부림을 쳤다. 그 서슬에 개집 옆에 있던 세숫대야가 뒤집어지고 화분이 깨지는 사태가 벌어졌던 것이다.

제집에 깔려 버둥거리는 이웃집 개를 두만이와 도선생이 나란히 서서 바라보고 있었다. 두만이는 영문을 모르겠다는 표정이었고 팔짱을 낀 도선생은 온몸이 흐뭇함 그 자체였다. 그 이웃집의 주인은 나였으므로 나는 두만이와 개주인에게 어떻게 얼마나 변상을 받느냐 하는 문제로 심각한 고민에 빠져들었다. 우리 셋에게 내리쬐는 햇빛은 환하고 바람은 따사로웠다.

약방 할매

내가 태어나서 아버지라는 존재를 의식하기 시작했을 때부터 아버지는 늘 어깨에 연장가방을 둘러메고 길을 떠나는 사람이었다. 아버지의 직업이 목수라는 것을 알게 된 초등학교 시절에도 아버지는 여전히 같은 모습으로 집을 나서서 짧으면 보름, 길면 반년 동안 어디에 있다는 편지 한 장 없이 돌아오지 않았다. 그렇다고 다른 집보다 아이들이 적었던 것도 아니어서 내 위로 누나가 둘 있었고 내가 초등학교를 들어간 뒤에 내 아래로 여동생이 셋이나 더 태어났다.

어머니는 한쪽 어깨가 구부러진 아버지를 전송하고 난 다음, 집 바로 아래 우물가의 커다란 향나무 곁에 오래도록 서 있곤 했다. 그 뒷모습은 내가 학교에서 배운 '선녀와 나무꾼' 이야기에 나오는 선녀처럼 어여뺐고 서글퍼 보였다. 물론 선녀의 하늘옷은 우리집 낡은 장롱 속에 없었다. 하늘옷이 있더라도 계속 태어나는 아이들 때문에 절대로 하늘로 올라갈 수 없을 것이었다. 그러나 나는 뭔지 모르게 불안했다. 내가 병든 닭처럼 불안한 눈으로 훔쳐보고 있는 걸 아는지 모르는지, 이윽고 어머니는 향나무에서 손을 떼고 길게 한숨을 쉰 뒤에 집으로 들어왔다. 그런 뒤면 어머니는 역전의 기회를 흘려보낸 노름꾼처럼 지쳐 보였다.

집으로 들어온 어머니는 부엌으로 가서 아버지가 집에 사들여온 쌀로 가마솥 가득 밥을 지었다. 김이 오르는 밥이 솥째 방에 들어오면 아버지가 있을 때는 슬그머니 사라졌던 짜디짠 장아찌와 간장, 고추장 같은 밑반찬이 다시 등장했다. 역시 아버지가 있을 때는 필요한 경우에만 펴지던 밥상이 자나깨나 윗목에 펴지게 마련이었다. 언제든 밥을 먹고 싶을 때 먹으라는 배려 때문은 아니고, 일일이 밥을 해주기가 귀찮아서 그러는 것 같았다. 굳이 그런 말을 하지 않아도 아이들에게 그 정도 눈치쯤은 있었다.

아버지가 떠나고 난 후 우리가 느끼는 해방감은 밥솥에 숟가락을 들고 덤벼드는 동작에서 나타났다. 밥솥의 밥을 형제 수만큼 줄을 그어 나눈 뒤에 숟가락을 부딪쳐가며 밥을 포식했다. 어리다고, 여자라고 해서 자신의 밥을 양보하는 법은 없었다. 숟가락질이 치열할수록 신이 났고 밥맛이 있었다.

배를 어지간히 채우고 나서 어쩌다 어머니를 돌아볼 때마다 나는 가슴이 철렁 내려앉곤 했다. 어머니는 천장을 바라보며 골똘히 생각에 잠겨 있었다. 아버지가 있을 때는 전혀 볼 수 없었던 그 모습에서 혹시 어머니가 우리를 몽땅 버리고 야반도주라도 하지 않을까 하는 느낌을 받았다. 아, 저 아름답고 젊은 어머니가 없어지면 우리는 어떻게 할 것인가. 누나들과 함께 동생들을 업고 안고 어디 있는지도 모르는 아버지를 거지떼처럼 찾아가야 하는 게 아닐까.

아버지가 집에 안 계실 때 밥을 먹고 난 다음 설거지는 으레 누나들이 하는 것으로 되어 있었다. 두 누나 중 하나가 설거지를 하고 다른 누나는 동생들을 돌봤다. 배부른 아이들은 칭얼거리지도 않았고 울 만한 일이 있어도 한구석에서 조용히 눈물을 흘렸을 뿐 어머니를 괴롭히지 않았다. 나는 불안해서 밖에 나가 놀지도 못하고 어머니만 훔쳐보고 있었다. 누나가 설거지를 하고 난 뒤에 방안에 들어오면 어머니는 문득 잊었던 일이라도 되는 양 말했다.

"아 참, 저 위에 약방 할매한테 갔다 와야겠다."

그와 함께 우리의 불안은 연기처럼 날아가버리고 방안에는 생기가 돌기 시작했다. 우리를 버리고 도망만 가지 않는다면 어떤 일이라도 해도 좋았고 어디로 가도 좋았다. 그게 또 그전에 다녀오던 약방 할머니의 집이라면 좋고도 좋은 일이었다. 그런 기쁨을 더 확실하게 하기 위해 나는 일부러 약방 할머니에 대해 물어보곤 했다.

"엄마, 약방 할매는 올해 몇 살이야?"

그러면 어머니는 눈을 조금 찡긋하면서 "나이가 한정도 없이 많지. 약방 할매가 여우였으면 벌써 꼬리가 아홉 개 생기고 처녀로 도섭을 했어도 여러 번 했을 게다" 하고는 우리가 따라오지 못하게 겁을 주었다. 나는 집안에 하나뿐인 사내로서 "여우가 뭐가 무서워, 진짜 무서운 건 원자탄이란 말이야" 하고 큰소리를 쳤지만 종내 약방 할머니에게 마실가는 어머니를 따라가지 못하고 말았다.

아버지가 집에 없음으로 해서 내가 어머니의 속을 썩일 때마다 어머니는 남보다 더 큰 절망에 사로잡히는 듯했다. 그럴 때마다 나는 어머니의 입에서 한시라도 빨리 '약방 할매에게 마실이라도 가야겠다'라는 말이 나오기를 기다렸다.

초등학교 5학년 때인가, 내가 학교에서 유리창을 깨가며 친구와 싸워 나란히 코피가 터졌을 때, 그래서 친구의 어머니가 내 귀를 잡고 우리집에 와서 "애가 벌써부터 이렇게 주먹이 사나워서 어쩌려고 그러는지 모르겠네. 도대체 이 집에는 애 버릇 가르치는 남정네는 없나" 하고 악을 썼을 때, 그날 어머니의 입에서는 종내 '약방 할매'의 이름이 나오지 않았다. 입술이 새파래지도록 깨문 채 힘껏 쥔 두 주먹을 공중에서 떨 뿐이었다. 내 종아리를 치지도 않았다. 그러고 보니 어머니는 당신의 자식 누구에게도 매를 대지 않았다. 그날이 다 가도록 용서를 받지 못하고, 어머니와 다른 형제들이 자는 안

방에서 쫓겨나 곰팡내 나는 건넌방에서 혼자 잠을 자면서 나는 '약방 할매'의 꿈을 꾸었다.

약방 할매는 머리칼이 모두 새하얀데 얼굴은 홍옥처럼 붉었다. 몸이 자그마하고 둥글었다. 말소리는 나직했으며 얼굴은 미소로 차 있었다. 약방 할매는 어머니의 양손을 부여잡고 어머니가 눈물을 흘리며 하소연하는 말을 듣고 있다가 등을 쓸어주며 "사는 게 다 그런 게요. 참고 기다리면 좋은 날이 오겠지" 하고 위로를 해주는 것이었다. 또 약방 할매는 서랍이 셀 수 없이 많은 약장에서 무슨 환약 같은 걸 꺼내 어머니에게 먹여주었다. 그러고 나니 어머니의 얼굴이 환하게 밝아지고 손뼉을 치며 노래까지 부르는 것이었다.

내가 중학교 3학년이 되면서 아버지는 더이상 집을 오래도록 비우지 않게 되었다. 그때부터 어머니의 입에서 약방 할매에게 마실을 가겠다는 말이 여간해서는 나오지 않았다. 나는 고등학교에 입학하면서 집을 떠나 도시로 유학을 갔고 그때부터 일 년에 평균 두세 달밖에 집에 머무르지 못했다. 재수를 하고 대학에 들어가고 군대를 가면서 나는 약방 할머니의 존재를 잊어버리게 되었다. 내가 약방 할머니의 이름을 들은 것은 군대에서 첫 휴가를 나왔을 때였다. 집에 도착하니 어머니는 없고 아버지 혼자서 방 안에서 화투장을 떼고 있었다. 어머니가 어디 갔느냐고 묻자 아버지는 "약방 할마씨라든가 뭐라든가 하는 늙은이한테 간다고 아까 나갔다"고 하는 것이었다.

그때 아버지는 실직 상태였고 천장에서는 비가 새고 방바닥이 갈라졌는데 고치지도 못하는 형편이었다.

제대를 하고 복학을 했고 졸업하고 직장을 잡았다. 결혼을 했고 아이도 낳았다. 아이가 말을 제법 하게 되었을 무렵, 갓 산 중고차를 끌고 열 시간 넘게 운전한 끝에 설 전날 오후에 고향집에 닿았다. 아버지는 밖에 나가고 없었다. 어머니에게 아이의 재롱을 보여주고 새로 들어서는 동생과 매부들을 맞고 하다가 어느 순간 정적이 찾아왔다. 그때 나는 문득 약방 할머니가 아직 살아 있는지 궁금해졌다. 어머니는 걸음마를 시작한 손자를 막 무릎에서 내려놓는 참이었다.

"엄마, 약방 할매가 아직 살아 계셔? 지금 연세가 백 살은 넘었겠네?"

어머니는 나를 힐끗 돌아보고는 눈을 다시 천장으로 돌리며 "약방 할매가 뉘고?" 하는 것이었다.

"나 어릴 때 엄마가 마실가던 할머니 있잖아. 아버지 안 계실 때 우리가 속썩이면 저 위에 사는 약방 할매한테 간다고 그랬잖아요."

나는 누이들한테 동의를 구했다. 그러나 누이들은 둘러앉아 전을 부치고 떡을 썰며 수다를 떠느라 정신이 없었다. 어머니는 천장을 쳐다보며 가만히 고개를 흔들고 있었다. 큰누이가 아내에게 내 이야기를 했다.

"현이 애비는 나이 서른이 넘어도 아직 애지? 좋겠네, 어린 남편

하고 살아서."

아내가 대꾸했다.

"큰애하고 작은애하고 같이 키우느라고 정신만 사납지요, 뭐."

나는 여인네들의 호탕한 웃음소리를 뒤로하고 집을 나와 우리집에서 '저 위'에 해당하는 언덕으로 올라갔다. 삼십여 분 동안 주변을 샅샅이 뒤지며 돌아다녔지만 약방은커녕 약방을 할 만한 곳도 보이지 않았다. 언덕을 오르내리느라 숨이 차올랐던 나는 산중턱의 넓적한 바위를 발견하고 그 위에 앉았다. 바위는 아래로 약간 기울어져 있어서 앉은 사람이 자연스럽게 턱을 짚고 아래를 내려다보게 만들었다. 그곳에서는 아래 주택가의 흰 빨래들이며 추위도 아랑곳하지 않고 뛰어노는 아이들, 들판을 둘러싸며 어디론가 흘러가는 냇물, 둑에 서 있는 미루나무가 세세하게 내려다보였다. 바람은 있는 듯 없는 듯하고 아이들 웃음소리가 들렸다 말았다 했다.

그제야 약방 할매가 누구인지 알 듯했다. 엉덩이 밑의 바위는 저물기 전의 길고 부드러운 햇빛을 받아 아직 따뜻했다.

샥족 발견

    대한민국에는 '샥족'이라는 부족이 있다. 이 종족은 한때 지상에서 번성하다 지금은 소수가 된 '새치기족'의 갈래처럼 보이지만 신속함과 철면피함에서 본가인 새치기족을 능가하고 있다. 게다가 이들은 대체로 젊으며 무서운 번식력을 가진 듯하다.

    며칠 전, 산에 올라갔다 한 달 반 만에 하산하는 길이었다. 집으로 가는 비행기를 타려고 공항에 갔다가 마일리지인지 뭔지를 입력하면 그다음에 공짜표를 얻을 수 있다는 산신령의 계시에 따라 항공사 창구 앞으로 갔다. 창구에는 '○○항공 고객클럽 카운터'라는 팻말 아래 기다란 나무칸막이가 있었고 그 아래에 아리따운 여직원이 앉아 전화를 하고 있었다. 그 여직원 앞에, 씩씩하게 생긴 젊은이가

서 있었다. 젊은이의 발 아래에는 카펫이 깔렸고 카펫 양쪽으로 줄이 쳐져 있었다. 나는 가방에서 표를 꺼내들고 줄 바깥에서 부채질을 하며 서 있었다.

그런데 누군가 내 어깨를 슬쩍 쳤다. 돌아보니 키가 나보다 반 뼘쯤 큰 청년이 "하실 거예요?" 하고 물었다. 나는 표를 든 손을 보이면서 '그럼요. 뭐라도 할 거니까 서 있지, 할 일이 없어서 서 있는 줄 아셨나요? 나 그렇게 심심한 사람 아닙니다'라고 대답하려고 했는데, '그럼요'의 '그'가 나오기도 전에 '샥' 소리가 나면서 그 청년은 이미 내 옆을 돌아서 카운터 안으로 들어섰다. 그러고는 배낭에서 무언가를 꺼내드는 동시에 무슨 말인가 여직원에게 건네는 것이었다. 그 여직원은 왼쪽 귀에 전화기를 걸고 무슨 말인가를 하면서, 앞서 서 있던 청년에게 무언가를 건네받고 그와 거의 동시에 '샥' 소리를 낸 청년에게 무슨 용지인가를 내주었다. 나는 들었던 손을 내리면서, '아, 저 종족들이 말로만 듣던 샥족이구나. 이번 기회에 잘 봐둬야겠다. 나중에 꼭 원고에 써먹어야 하니까' 하고 나를 달랬다. 한 달 반 동안 산에서 걸어다니는 중에 인내심이 어느 정도나 향상되었는지 궁금하기도 했다.

그런데 왼쪽에서 '샤샥' 하는 소리가 나면서 화려하게 성장盛裝을 한 어느 부인이 어느새 나를 돌아 카운터에 몸을 던지는 게 아닌가. 이번에는 내게 전혀 물어보지도 않았다. 나는 다시 손을 들어서 내 손에 표가 들려 있음을 만방에 알리고 나도 기다리는 사람이라는 걸 과시하려고 했는데, 항공사 창구에 있는 네 사람은 내가 사람으로 안 보이는 모양이었다. 나는 또, '내가 산에 갔다 오는 동안 문명의 혜택을 못 입어서 짐승으로 보일 수도 있겠다' 하고 참았다. 어느새 전화를 끊은 여직원은 그 부인에게—두 사람 다 한결같이 아리따운 것이 꼭 자매처럼 보였다—당신이 의뢰한 일은 이 창구에서 처리하는 게 아니니 저 창구에 가서 알아보라고 일러주었다. 그 순간 나보다 먼저 와서 정상적으로 일을 처리한 청년이 카운터에서 돌아서서 내 곁을 지나쳐갔다. 여직원이 부인에게 가리키는 곳에는 스무 명도 넘는 사람이 줄을 서서 티켓과 돈을 들고 부채질을 하고 있었다. 부인은 하소연하듯이 여직원에게 '어떻게 이 창구에서 처리가 안 되겠느냐'고 했는데 여직원은 단호하게 고개를 저었다. 부인은 결국 체념한 듯 핸드백을 열고 티켓을 집어넣었다. 그러고는 '샤아악' 하는 아름다운 소리를 내며 내 곁을 빠져나갔다. 여직원은 부인이 돌아서자마자 다시 전화기를 집어들고 통화를 하기 시작했다.

　나는 가방을 추스르고 카펫 위로 발을 옮기려고 했다. 그런데 다시 내 등뒤에서 '쉬이익' 하는 소리가 들려오는 것이었다. 나는 다급하게 한 발을 들어 카펫 위로 옮겼다. 아니 그러려고 했다. 그러나 이미 늦었다. '쉬이익'이 도플러 효과를 일으키며 '슈우욱'으로 변성되는가 싶더니 이미 한 사람이 내 곁을 지나쳐 카운터에 도달해 있었다. 그는 맨 처음 내 앞에 서 있던 청년이었다. 그는 아까 처리한 일에 뭔가 미진한 구석이 있다고 통화중인 여직원에게 질문했다. 여직원은 "잠깐만" 하더니 다시 왼쪽 어깨에 전화기를 걸고는 당신이 처리하려고 하는 일은 다음에 해도 된다, 아까의 일은 완벽하게 처리되었다고 말했다. 청년은 고개를 끄덕이고는 나를 한번 '샥' 돌아보더니, 왜 그러는지 모르겠지만 슬쩍 웃고는, 천천히 돌아서서 향긋한 스킨로션 냄새를 풍기며 내 곁을 지나쳐갔다.

이 모든 일이 벌어지는 데 걸린 시간은 불과 일이 분가량이었다. 내 앞에는 모자를 쓴 청년이 무언가를 작성하고 있었고 여직원은 전화를 붙들고 있었다. 그러니 그까짓 일 분, 없다고 하면 그만이었다. 나는 그렇게 여기고 내 앞에 있는 사람의 일이 끝나기를 기다리려고 했다. 그런데 그의 드넓은 등짝을 보고 있자니, 이 일 분이 지상에서의 마지막 일 분일 수도 있는데, 나중에 내게 십 분만이 남아 있는데 일 분을 이런 식으로 도둑맞아도 가만히 있겠느냐고 누군가 내 안에서 자꾸 속삭여대는 것이었다. 그 녀석은 내 안에 사는 '샥족'이었다. 결국 나는 참지 못하고 내가 들어도 어색한 '샥' 소리를 내며, 카운터 앞으로 갔다.

나는 먼저 눈알에 있는 대로 힘을 주고 여직원이 들고 있는 전화기를 노려보았다. 여직원은 "잠깐만" 하고 전화기를 어깨에 걸며 '무슨 일이신데요' 하고 눈으로 내게 물었다. 나는 내게 주어진 시간,

그 시간마저 전화로 방해받고 싶지 않았다. 그래서 계속 그 전화기를 노려보고만 있었다. 비로소 여직원은 전화통에 대고 "그럼 다음에 통화해. 손님 때문에 바빠" 하고 듣기 좋은 목소리로 말하더니 전화를 끊었다. 나는 내 손에 들린 비행기표 꼬리를 여직원에게 건네주었다. 여직원은 티켓을 받아 십 초도 걸리지 않아 일을 처리하고 내게 돌려주었다. 옆을 보니, 반바지 차림에 배낭을 멘 우리 '샥족'의 일원은 여전히 무슨 서류인가를 작성하고 있었다. 나는 그의 귀에 세련되고 무시무시한 '휘리리이이이익' 소리가 들리기를 바라면서, 내가 낼 수 있는 최대한의 속력으로 카운터에서 돌아섰다. 분하게도 아무 소리도 나지 않았다.

재미나는 인생 2
뇌물에 관하여

　세상에는 두 종류의 특수한 인간이 있다. 뇌물을 주는 사람과 뇌물을 받는 사람. 대부분의 사람은 뇌물과 관계없이 살아간다. 대부분의 사람은 어째서 뇌물이 필요한지 이해하지 못한다. 하지만 뇌물과 관계를 맺고 있는 특수한 인간들은 뇌물과 관계없는 대부분의 사람을 그냥 놔두지 않는다. 왜? 말했잖은가. 그들은 특수하다.

　특수한 그들은 글쎄, 술에 취해 운전을 한다. 제 차만 운전하면 그나마 다행인데 다치고 남의 인생까지도 운전하려고 든다. 예를 들어볼까. 십여 년 전 나는 그때 시골에서 막 올라와서 어디 방이라도 구해볼까 싶어 친구를 찾아간 길이었다. 그런데 그 친구가 하필 뇌물과 관계된 특수한 인간 가운데 하나일 줄이야. 친구는 방을 구하기 전에 먼저 오랜만에 만났으니 회포나 풀자면서 술을 마시자고 제안했다. 좋은 술을 마시다보면 좋은 방이 나온다면서. 좋은 방은 좋은 직업을 낳고 좋은 직업은 좋은 인생을 낳으며 좋은 인생은 종내에 그토록 좋다는 극락행 편도 기차표를 낳을 것이니 좋은 방은 극락으로 가는 첫 단추나 마찬가지 아니겠는가. 그 술집은 친구가 뇌물 관계로 자주 출입하는 집이었는데 자리에서 일어난 시간은 밤 12시, 술값도 그 술집 여주인 생긴 것만큼이나 야무지게 나왔다. 그때까지만 해도 나는 뇌물과 아무런 관계를 맺지 않았던 고로 미래의 방값을 술값으로 내는 어리석은 짓은 하지 않았다. 그게 친구에게는 의외였던 모양이다. 친구는 술집 여주인에게 사정하듯 술값을 다음에 갖다주겠다고 한 다음 나를 힐끔 쳐다보고 차를 몰아 길을 나섰다. 나는 궁금한 점을 솔직하게, 그러나 조심스럽게 물어보았다.

"요새 서울에서는 음주운전해도 되는 거야?"

"야, 이 촌놈아. 우리집이 여기서 얼마나 된다구 음주운전, 비음주비운전 떠드냐. 이 동네는 내 발바닥이란 말이다. 너는 그 자리에 찌그러져 있기나 해."

나는 일찍이 서울에 올라와 터를 잡은 그 친구의 말을 믿고 뒷좌석에 찌그러져 있었다. 조수석에는 외상을 준 대신 집에까지 바래다주겠다고 약속한 대로 술집 여주인이 타고 있었다. 그 여주인의 집도 친구의 집 근처라고 했다. 그건 그렇고 한 사오 분이나 갔을까.

불빛이 덜미를 잡는 듯 번쩍거리고 애앵애앵, 소리가 나더니 오토바이 한 대가 앞을 가로막았다.

"아이고, 클났네."

나로서는 큰일이 난 셈이었다. 친구에게 공짜 술을 얻어먹고 공짜로 친구 차 뒷자리에 탔다가 친구가 음주운전으로 적발되는 것까지 보아야 하니 큰일 아닌가. 하지만 친구는 태연했다. 차를 세우고 실내등을 켜고 창문을 열었다. 친구는 기세 좋게 큰 소리로 인사를 했다.

"수고하십니다아!"

오토바이에서 내린 사람은 우주인처럼 헬멧을 쓰고 경찰처럼 경찰 정복을 입은 사내였다. 밤인데도 선글라스를 끼고 있는 걸 보면 선글라스 끼는 게 특기인 것 같기도 했다. 경찰은 세상만사 귀찮다는 듯 시들한 자세로 경례를 붙였다. 그리고 느릿한 어조로 입을 열었다.

"음주운전 단속중입니다. 숨을 한번 불어보세요."

경찰이 종이컵을 내밀자 친구는 도리질을 했다.

"술 안 먹었는데요."

그 경찰은 너 같은 인간은 하도 많이 봐서 지겹다는 듯 하품을 하더니 다시 느릿느릿 입을 열었다.

"허허, 술집에서 나오는 걸 보고 예까지 일껏 쫓아왔는데 왜 그러시나."

친구는 부지런히 눈을 굴려 주위에 누가 있나를 살피며 대꾸했다.

"거기 근무하는 사람입니다."

"맞아요, 아저씨. 언제 놀러오세요."

조수석에 앉아 있던 술집 여주인이 거들었다.

"이거 좋은 말로 했더니 안 되겠네."

그 경찰이 좋은 말을 한 적이 언제 있었던가. 하여간 그 경찰은 허리춤에서 빨대가 달린 음주측정기를 꺼내 차창 안으로 육혈포처럼 들이밀었다. 비로소 친구는 손을 휘저으며 변명을 하기 시작했다.

"에이, 아저씨. 좀 봐주세요. 집이 바로 요 앞 골목 안입니다. 이 동네 주민이라니까요."

"아, 글쎄, 불라니까."

"그 더러운 걸 어떻게 붑니까. 나는 남이 입에 댄 건 죽어도 내 입에 못 넣어요."

그러면서 친구의 한 손이 나를 향해 급하게 흔들렸다. 어쩌란 말이야? 내 지갑에는 방을 얻는 데 쓰려고 가지고 온 현금 수십만 원과 수표가 들어 있었다. 그건 시골에 홀로 사는 어머니가 눈물과 콧물을 발라 서울에서 출세하는 데 필수적인 기초자금으로 준 돈이었다. 친구가 그걸 향해 손짓한 것일까? 그럼 얼마나? 나는 정신을 차릴 수가 없었다.

"이거 새 빨대야. 그래도 더럽다면 바꿔주지."

어느새 경찰은 친구 사이가 된 것처럼 반말을 하고 있었다. 친구는 나를 향해 연신 손가락을 까딱거리다가 내가 계속 우물쭈물하자 위협적으로 두 손가락을 마주쳐 딱, 소리를 냈다. 그 단호한 소리에 나는 나도 모르게 주머니에서 지갑을 꺼냈고 친구의 손에 쥐여주고 말았다.

"좋시다, 아저씨. 얼마면 되겠수?"

"이거 왜 이래? 누굴 장사꾼으로 아나?"

"아, 추운데 고생하시는 거 다 압니다. 어디 가서 해장국이나 한 그릇 하시죠."

그러면서 친구는 내 지갑에서 수표를 제외한 현금을 몽땅 꺼내 익숙한 동작으로 경찰에게 내밀었다. 경찰은 눈부시게 빠른 동작으로 그 돈을 받아넣고는 한다는 소리가

"요새 단속이 얼마나 심한데 술을 먹고 운전을 해요? 가까이 사신다니까 봐드리는데 하여간 조심해서 가세요. 내가 바래다드려?"

"됐어요, 됐어. 집이 바로 코앞이라니까. 젠장, 재수가 없으려니까."

재수가 없는 건 나였다. 졸지에 홀쭉해진 지갑을 떨리는 손으로 받아드는 나. 시골에 홀로 계신 어머니를 그리는 나. 어머니, 서울 온 지 하루 만에 이 꼴이 됐습니다…… 그런데 그 친구는 그냥 가지를

않고 경찰에게 시비를 거는 게 아닌가.

"아, 아저씨, 그거 한번 줘봐요. 기왕 돈 낸 거 한번 불어나봅시다."

"더러워서 안 분다며? 빨리 가자."

내가 한탄을 중단하고 재촉을 했지만 친구는 끄떡도 하지 않았다.

"아, 한 번 부는 데 이십만 원짜리 기계를 불어보지도 않고 어떻게 그냥 가냐."

그는 경찰이 내미는 빨대를 입에 넣고 힘차게 불었다. 경찰은 실실 웃으며 숫자판을 보더니 어, 하는 소리를 냈다. 숫자가 0.00으로 나왔던 것이다.

"이상한데?"

경찰은 빨대를 이리저리 돌리더니 다시 그 친구에게 내밀었다. 그 친구는 다시 한번 힘차게 빨대에, 그날 저녁 먹은 수십 병의 맥주에 포함되어 있던 알코올 성분을 불어넣었다. 그러나 숫자는 여전히 0.00. 뭐가 뭔지 모르지만 우리 일동, 특히 나는 울화통이 터졌고 경찰은 기계가 고장이 난 모양이라면서 미안하다고 사과했다. 그렇다고 한번 들어간 돈이 나오지는 않았다.

"내가 집 앞까지 모셔다드리지요. 따라오세요."

"아, 됐다니까!"

나도 어느새 경찰에게 친구처럼 반말을 쓰고 있었다. 그러면서 처음으로 뇌물업계 사람의 맛을 보게 되었다.

세월이 흘러 나는 방을 구했다. 그 세월 동안 친구의 사업이 번창했는지 망았는지는 모르겠는데 가엾게도 그의 취미이자 주특기인 음주운전은 더이상 즐길 수 없게 되었다. 뇌물을 주고받을 줄 모르는 어느 평범한 경찰이 정상적으로 친구의 음주운전 행위를 적발했던 결과, 친구의 혈중 알코올 농도는 코끼리도 그만큼 마시면 취할 정도인 것으로 나타났다. 친구는 그가 혹시 뇌물업계의 사람인가, 새로 뇌물업계로 들어올 의사가 있는가 알아보았지만 그 경찰은 정상적인 사고를 가지고 정당한 업무를 집행하는 사람이었으므로 뇌물이 통하지 않았다. 구속되지 않은 것만도 다행이었다. 그는 그 당시 주려고 했던 뇌물의 다섯 배를 벌금으로 냈고 면허를 취소당했다. 그러고 나서 내게 오랜만에 연락을 해왔다. 그래서 우리는 그 사건 이후 처음으로 다시 만났다.

친구는 약속 장소에 차를 끌고 나타났다. 음주운전 대신 무면허 운전이 새로운 취미이자 특기가 된 것 같았다. 하긴 아슬아슬하다는 점에서 음주운전이나 무면허 운전이나 같은 집안이고 적발이 되지 않기 위해 교통질서를 철저히 준수하게 한다는 점에서 백해일익百害一益의 공통점도 있다. 친구는 나를 보자마자 차에 덜렁 태웠다. 친구는 자기 사무실로 가서 차나 한잔하자, 요즘 술을 마시지 않는다, 취소당할 면허가 없으니 음주운전의 실리도 묘미도 없다는 등의 말을 하면서 차를 몰았다. 그리고 그는 우리가 못 본 사이 자신이 뇌물업계의 거물이 되기까지의 영웅담을 이야기했다. 그럭저럭 친구의 사무실 근처까지 왔는데 차가 교통신호에 걸리면서 나는 뇌물 세계의 색다른 면모를 목격하게 되었다.

차가 멈추자 친구는 담배를 피우기 위해 창문을 열었다. 그러다가 바로 옆차선에 정차해 있는 순찰차의 조수석에 앉은 경찰과 눈을 마주쳤다. 두 눈이 마주친 순간, 친구는 얼른 눈길을 내 쪽으로 돌렸다. 그러나 경찰이 그냥 경찰인가. 뭔가 이상하다고 느꼈는지 차를 길 바깥으로 세우라고 신호했다. 자리를 바꿔 앉을 틈도 없었다. 그렇다고 지갑에 있는 내 면허증을 건네줄 정신이 있었던 것도 아니다.

"아, 왜 그러십니까?"

친구는 차를 세우고 창밖으로 고개를 내밀며 말했다. 차에서 내린 경찰이 세상만사 귀찮다는 표정으로 다가왔다. 그는 대부분의 다른 경찰들과는 달리 한여름의 눈부신 햇빛을 맨눈으로 보는 게 취미인지 선글라스를 끼고 있지 않았다. 형식적으로 경례를 붙이는 둥 마는 둥 하더니 면허증을 제시해달라고 했다.

"아니, 왜요? 왜? 제가 뭘 위반했습니까?"

그 경찰은 느릿느릿한 어조로 심드렁하게 대꾸했다.

"왜 사람 눈을 피하는 거예요?"

친구는 열심히 눈을 굴렸다.

"그것도 죄가 됩니까?"

92

"그럼 피하긴 피했다 이 말씀이군. 내놔보셔, 면허증."

그 말투만으로도 그 경찰은 경찰 가운데서도 보기 드문, 뇌물과 아주 친한 사람인데 그중에서도 탁월한, 노련한 뇌물 경력의 경찰이라는 걸 알 수 있었다. 내가 알 정도였으니 뇌물을 주는 데 이골이 난 사람, 그 가운데서도 탁월한 경력을 자랑하는 친구가 그걸 모를 리는 없었다.

"아이고, 날도 더운데 수고하십니다. 어디 가서 아이스크림이라도 사드시면서 땀을 좀 식히시죠."

친구는 지갑을 꺼냈고 면허증을 꺼내는 척하더니 어, 하는 표정으로 고개를 흔들었다. 경찰이 보는 앞에서 고이 모셔뒀던 면허증이 없어졌다는 연기를 하려 한 게 아니다. 현금이 보이지 않았던 것이다. 잠시 망설이던 친구는 할 수 없다는 듯 고개를 흔들며 수표를 한 장 꺼내더니 고개와 함께 수표를 흔들며 말했다.

"마침 가진 거라고는 이것밖에 없는데 거슬러달라고 할 수도 없고…… 제 회사가 바로 요 앞이에요. 저 건물 보이시죠?"

그때였다, 뇌물업계의 거장이 아니고서는 낼 수 없는, 목구멍 깊숙이서 우러나오는 은밀하고 오싹한 저음이 만사 귀찮다는 듯한 표정의 경찰의 입에서 흘러나온 것은.

"이거 왜 이래? 우리가 언제 외상하는 거 봤어?"

"에이, 할 수 없네. 그럼 좋시다. 이거 드릴 테니까 한번 봐주쇼."

뭘 봐달라고 하는 건지, 뭘 봐준다는 건지 그들은 따져보지도 않았다. 그의 손에 들려 있던 수표가 바람처럼 빠르게 경찰의 손으로 옮겨지는가 했는데 어느 사이엔지 경찰의 품속으로 들어가고 말았다. 눈으로 직접 보지 않았다면 왔다갔다했는지도 모를 지경이었다. 예술의 경지라고나 할까.

"그런데 아저씨, 솜씨 보니까 어디서 뵌 것 같다……"

친구의 말투가 벌써 달라졌다. 친구처럼 친하게 말을 건네고 있었다.

"보긴 어디서 봐요. 그런데 사무실이 정말 저기 맞아요? 아니면 내가 모셔다드리고."

경찰 역시 말투가 달라졌다. 조금 더 친근하고 봉사적이며 시민의 안녕을 염려하는 평범한 경찰의 말투가 되었다.

"혹시…… 작년 겨울에 오토바이 타고 다니지 않으셨수?"

"아아, 그때, 음주측정기가 고장나서 빵점빵빵 나왔던 그 양반?"

"그러엄. 바로 그게 난데. 우린 인연이 많은가보네. 그럼."

두 사람은 정답게 손을 마주 흔들었다. 그러고 나서 친구는 차를 출발시켰다.

"야, 수표를 주면 우야노? 나한테 돈을 돌라카지."

"됐어, 됐다구."

친구는 손을 흔들 때와는 달리 불쾌한 기색이었다. 하긴 그 경찰에게 바친 게 벌써 수십만 원이니 그럴 만도 했다.

"그거 얼마짜리야?"

"이십오만 원."

"야, 그 친구 오늘 노났네. 그런데 이십오만 원짜리 수표도 있는 거야?"

"거래처에서 결제대금으로 받은 수표야."

"그래?"

문득 친구의 얼굴이 활짝 펴졌다.

"참, 그러고 보니 그거 부도난 거구만."

사족. 뒷날 특수한 친구는 뇌물 바치는 데 심혈을 기울이다가 사업을 등한시한 나머지 부도를 냈다. 뒷날 특수한 그 경찰은 뇌물을 받아먹다 일반 경찰에게 적발이 되었는데 잘 봐달라고 뇌물을 바쳤다가 파면을 당한 뒤 사과를 잔뜩 실은 행상 트럭을 몰고 왔다갔다 하는 걸 본 사람이 있다.

또 사족. 제행무상이요 인과응보이리라. 부도수표로 남을 불행하게 만들지 맙시다.

경운기 주정차 금지 위반

우리 동네 장씨는 손재주가 좋다. 그의 손으로 수확되는 곡식은 물론이고 그가 쌓아올리는 볏단, 그가 매만진 마을회관 변소까지 무엇이든 그의 손을 거치면 값이 높이 매겨지고 모양이 나며 기능이 좋아진다. 또 그는 못 고치는 게 '거의' 없다. 그는 구멍난 바퀴, 물이 새는 지붕을 고치고 펌프, 보일러며 경운기, 오토바이, 심지어는 자신이 한 번도 몰아보지 않은 자동차까지 고쳐댄다.

그렇지만 그가 고치지 못하는 게 하나 있다. 그래서 못 고치는 게 거의 없다고 말한 것이다. 바로 자신의 술버릇이다. 면 전체를 통틀어 자타가 공인하는 3대 술꾼이라고 일컬어지고 있는 까닭에 그는 면민 전체가 존경하는 지도자의 반열에 올라서기 직전에 좌절하곤 했다.

그는 집에서 나설 때 대부분 경운기를 끌고 나온다. 그가 나타나기 전에 으레 탈탈탈탈 하는 경운기 소리부터 먼저 난다. 동네 한가운데 한길에 가볍게 연기를 뿜는 경운기를 타고 후줄근한 운동모를 쓰고 수건을 목에 건 차림에 만나는 사람마다 싱글싱글 웃어 보이는 사람이 있다면 그게 바로 장씨다. 경운기는 그의 요긴한 농사 수단인 동시에 자동차이고 그가 누구인지를 알려주는 표지이자 그의 말대로라면 애만 못 낳는다 뿐이지 미운 정 고운 정 다 든 마누라이며, 우리 모두가 인정하는 바 분신이나 다름없다. 따라서 경운기가 들어갈 수 없는 곳이나 경운기가 필요 없는 가까운 거리를 가야 할 경우에 그는 몹시 불편해하고, 집에 금송아지라도 두고 온 듯 안절부절 못한다.

그의 아버지가 변변한 땅뙈기 하나 남겨놓지 않았기 때문에 동네 안에는 그가 지어먹을 땅이 없다. 그의 명의로 된 유일한 논은 집에서 10리가량 떨어져 걸어가기에는 제법 먼 거리에 있다. 그 논 주위 여러 군데의 논밭을 부쳐먹고 있기 때문에 그에게는 경운기가 더욱 필요했다. 그의 집에서 그의 논까지 가려면 동네를 빠져나가 왕복 2차선의 지방도를 따라 면사무소며 우체국, 파출소가 있는 시가지를 거쳐가야 한다. 그는 길 중간에서 만나는 사람들에게 경운기 위에서 모자를 벗어가며 인사를 한다. 상대가 그를 몰라보거나 모르는 체하면 그는 돼지똥을 가득 실은 경운기를 길 한가운데에 세우고 쫓아가서라도 인사를 한다. 면소재지에는 농협이나 면사무소에 일을 보러 나온 동네 사람이며 그가 아는 초등학교 동창들의 얼굴도 보인다. 그렇게 되면 그는 한층 바빠진다. 그는 연신 좌로 우로 인사를 하면서 한편으로는 지방도를 오가는 대형 트럭과 신경질적으로 경적을 울려대는 승용차 가운데서 경운기를 몰아야 한다.

경운기가 그의 분신이나 다름없다는 말을 했던가. 경운기 역시 그와 마찬가지로 한두 가지의 고질적인 문제가 있다. 면소재지를 빠져나가기 전에 문제가 생길 수도 있다. 예를 들어 엔진이 과열된 경운기가 길 중간에서 멈추는 문제가 생기기도 한다. 하지만 괜찮다. 가까이에 농기계를 전문적으로 고쳐주는 정비소가 있으니까. 그는 정비소에 들러 자신보다 경운기에 대해 아는 것이 적은 농기계 정비소 사장과 인사를 나눈다. 사장은 그에게 얼마 전에 들어온 다른 경운기를 보이며, 도대체, 고장의 원인을 모르겠다며 도움을 청한다. 그는 신중하게 그 경운기를 살피고 경험과 천부적인 통찰력에서 우러난 직감적인 판단으로 문제를 해결하게 해준다. 하긴 그가 고장난 경운기 앞에서 팔짱을 끼고, 흐음, 하고 콧김을 뿜는 것만으로도 어지간한 고장은 고쳐지고 만다. 그러다보니 정작 자신의 경운기를 고칠 시간은 부족하다. 따라서 그의 경운기는 늘 임시변통으로 갈 수 있을 정도로만 수리된다. 예를 들어 냉각탱크의 뚜껑이 달아나고 없을 때 맞는 뚜껑을 구해다 끼우는 대신, 밖으로 튀어나오는 냉각수를 수시로 보충할 물을 얻고 마는 식이다. 말이 나왔으니 말인데 그 뚜껑은 달아난 이후, 한 번도 끼워진 적이 없었다. 그는 뚜껑이 들어갈 자리에 1.5리터짜리 음료수병에 물을 가득 채워 거꾸로 세움으로써 문제를 해결했다.

어쨌든 경운기가 고쳐지면 그는 논으로 간다. 해야 할 일을 하고 어머니가 싸준 도시락을 먹을 것이다. 어쩌면 막걸리를 한두 잔 마실 수도 있는데 거기까지는 괜찮다. 그는 해가 뉘엿뉘엿 질 무렵에 집으로 돌아오기 위해 경운기에 올라탄다.

탈탈거리는 그의 경운기가 다시 면소재지에 다다른다. 그의 경운기가 다시 멈춘다. 예를 들어 아침에 보충한 냉각수가 부족해서 엔진이 과열된 것이다. 그래도 괜찮다. 물이야 얼마든지 구할 수 있으니까. 그는 음료수병을 들고 경운기에서 내려와 아무 곳에나 쑥 들어간다. 왜 아무 곳에나 들어가도 되는가 하면 대부분의 사람들이 그의 신세를 졌기 때문이다. 예를 들어 그는 식당의 가스레인지를 수리해주었고 노래방 기계의 화면이 흔들리는 것을 바로잡았다. 그는 또 농협 구판장의 금전등록기 서랍이 아무때나 튀어나오는 것을 고쳐주었다. 길거리를 가로지르는 전화선이 끊어져서 수십 대의 전화가 불통된 적이 있었는데 읍에서 수리공이 오기 전에 이미 그의 야윈 몸이 전주 위에서 흔들리고 있었다. 그렇지만 그는 한 번도 그에 대한 대가를 요구한 적이 없다. 어쨌든 그는 아무 곳에나 들러 물을 달라고 한다. 아무 곳에서나 그에게 물을 주고 때에 따라 밥도 떡도 술도 권한다. 그런데 어느 날 그가 경운기에서 뛰어내려 버릇대로 병을 들고 들어간 곳이, 하필이면 그곳이 파출소였다. 그는 물을 달라고 했지만 새로 부임한 파출소 소장은 무슨 말인지 알아듣지 못했다. 그날 그가 일을 하면서 마신 막걸리의 양이 약간 많았는지도 모르겠다. 그래서 평소보다 말을 더 심하게 더듬었는지도 모른다. 과열된 경운기 엔진을 식히기 위해 물이 필요한데 그 물은 음료수병에 담겨져야 하고 그 음료수병을 뚜껑이 달아난 냉각탱크에 갖다 거꾸로 꽂아야 한다는 이야기는 타지에서 온 사람에게 요령부득인지도 모른다. 어쨌든 그는 물을 얻지 못했다.

한 번도 그런 경우가 없었기 때문에 그는 당황했다. 그는 어색한 표정으로 밖으로 나와서 경운기를 끌고 가보려고 했다. 하지만 엔진이 과열된 경운기는 늙은 당나귀의 방귀 같은 소리만 몇 번 내고는 꺼져버렸다. 그는 다시 파출소에 들어갔다. 뭐 고쳐줄 게 없나 살폈다. 그러나 파출소는 새 소장의 새로 단 계급장처럼 고장난 건 하나도 없이 깨끗했다. 그를 아는 파출소의 다른 사람들은 아직 돌아오지 않고 있었다. 파출소장은 2리터짜리 플라스틱병을 들고 돼지똥 냄새를 풍기며 서 있는 그를 고장난 물건 보듯 쳐다보았다. 그는 다시 밖으로 나왔지만 방향감각을 잃어버린 채 파출소 앞에서 멍하니

서 있었다. 마침 지나가던 그의 초등학교 동창이 그를 끌어 술집으로 데려갔다.

그는 서글픈 표정으로 앉아 있다가 주는 술을 다 받아 마셨고 마침내 취했다. 취하면 세상만사 희로애락을 잊고 어린아이처럼 홍겹게 손뼉을 치며 노래를 부르는 게 그의 버릇이다. 그는 노래를 부르며 친구의 차에 실려 집으로 갔다. 경운기는 잊었다.

긴급한 일이 있어 순찰차로 출동하려던 파출소장은 웬 경운기가 파출소 정문을 막고 서 있는 것을 알게 되었다. 경찰은 농기계 정비소 사장을 포함, 철물점, 열쇠 수리점, 도배장판 가게, 노래방 등등 평소 기계에 대해서는 일가견이 있다고 자랑하는 사람을 불러 경운기의 시동을 걸어보려고 했으나 아무도 경운기를 움직일 수 없었다. 사람들은 이구동성 이런 경운기를 고칠 사람은 면 전체를 통틀어 단한 명인데 오늘은 술에 취해서 집으로 갔으니 내일이나 경운기를 움직일 수 있을 거라고 말했다. 결국 신임 소장 이하 전 직원이 합세해서 시커먼 기름에 돼지똥이 섞인 퇴비를 제복에 묻혀가며 악전고투한 끝에 겨우 경운기를 치웠다. 순찰차가 현장에 출동한 것은 신고를 받고 나서 한 시간이나 흐른 뒤였으므로 부임 후 첫 임무를 보란듯이 해결하려던 신임 소장의 체면은 구겨지고 말았다.

다음날 아침, 그의 집으로 경찰이 찾아왔다. 그는 순찰차로 모셔져서 파출소까지 갔다. 그는 경운기 주위를 한 바퀴 돈 뒤, 파출소

직원에게 음료수병에 물을 담아오게 하더니 엔진에 거꾸로 냅다 꽂았고 가볍게 경운기의 시동을 걸었다. 그는 그 경운기를 타고 파출소 마당을 몇 바퀴 돌며 이상이 없음을 확인시킴으로써 여러 사람의 탄성을 자아냈다. 그는 경운기 위에서 모자를 벗은 채 환호에 답하다 말고 갑자기 중얼거렸다.

"그런데 내 경운기가 왜 여기에 있는 겨?"

전말을 알고 화가 머리끝까지 난 파출소장은 규정에 있는 최고의 형벌을 찾아냈다. 결국 그는 경운기를 세우지 말아야 할 곳에 세웠다는 이유로 딱지를 끊긴 대한민국 최초의 사람이 되었다.

그뒤로 그에게는 자신의 것이든 남의 것이든 고장난 경운기라면 무조건 파출소 정문 앞에 가져다 세우는 새로운 버릇이 생겼다. 그 때문에 아침마다 순찰차가 그의 집으로 찾아왔고 드디어 우리 면의 최고 술꾼이라는 영예가 그에게 주어졌다.

그는 이렇게 말하곤 한다. "기계나 사람이나 돌다 멈추면 죽는 법이여. 계속 돌게 해야 해."

짖는 개는 물지 않는다

어떤 사람이 무슨 짓을 저질렀는지는 모르지만, 경찰이 쫓아오자 집으로 도망쳐 들어갔다. 그 사람은 집에 개 수십 마리를 기르고 있었다. 그 개들을 몽땅 풀어놓으니 경찰이 들어갈 수가 없었다. 영장은 가지고 있었지만, 개들이 학교를 안 다닌 탓에 글자를 몰랐고 영장을 알아보지 못했다. 수갑이나 총을 쓰기도 뭣하고 방망이를 휘둘러봤자 수십 마리나 되는 개를 다 때려죽일 수도 없었다. 생각다못해 경찰은 인근의 보신탕집으로 가서 개장수를 데려왔다. 개들은 개장수를 보자 일제히 꼬리를 내리고 끙끙거리기 시작했다. 개장수가 아무런 행동을 취하지 않았고 입도 방긋하지 않았는데도. 경찰은 수월하게 집으로 들어가 범인을 체포했다. 그에게는 특수공무집행방

해죄가 추가되었다. 내 친구 중에는 검사도 있고 변호사도 있으니 나도 그 정도는 안다.

그 개장수는 옛날 옛적 만주에서 독립운동을 하면서 부업으로 개장수를 하던 사람의 후손이다. 어느 날 친구와 셋이 모인 자리에서 그에게 물었다.

"도대체 왜 개들은 당신들을 보면 꼬리를 착 내리는 거야. 꼭 꼬리로 경례하는 것 같잖아."

"개들이 다른 짐승들보다 특별히 머리가 좋아서 그래. 우리를 딱 알아본단 말이에요."

"아냐. 무슨 냄새라도 나니까 개들이 그러는 거겠지."

냄새를 맡아보았지만 개장수에게서는 남성용 스킨 냄새밖에 나지 않았다. 개만이 알아듣는 특수한 초음파를 발생시키는 걸까. 그런 것 같지는 않다. 개털 모자를 쓴 것도 아니고 개가죽 구두를 신지도 않았고 개털 장갑도 끼지 않았다.

"백정 앞에서는 날뛰던 황소도 얌전해지잖아. 땅꾼 앞에서는 뱀들이 꼼짝 못하지. 뱀들이 냄새를 맡아서 그런 건 아니라구. 도둑이 형사 앞에서 발발 기는 것도 그렇고. 뱀은 영물 아냐. 똑똑하지. 도둑은? 그거야 개의 경쟁상대지. 거의 같은 급이라고 해도 돼."

"거의?"

"그래, 거의."

문제는 '기氣'라는 것이다. 기를 집중해서 개를 딱 꼬나보면 그걸로 끝이라고 한다. 달리 특별한 방법이 있는 것도 아니다.

그러나 낚시꾼을 만났다고 붕어가 얌전해지는 것은 아니다. 사람을 보고 침을 흘리는 녀석들이 동물원에만 해도 얼마나 많은가. 호랑이, 사자, 늑대…… 내가 이의를 제기하자 그날 술자리는 더욱 흥미진진해졌다. 거나하게 취한 우리는 어깨동무를 하고 개가 나오는 노래를 부르며 거리를 행진했다. 동네 개들이 마구 짖어댔다.

"그럼 우리 실험을 해보자."

술자리의 토론중에 어느 편도 들지 않고 얘기를 듣던 내 친구가 제안했다. 자기 집에 성질 고약한 개가 있는데, 그 개를 잡아끌어다 자기 앞까지 데리고 오면 자기 친구가 맞는 것이고 못 잡아와도 자기 친구가 맞는 것이라고 했다. 하긴 우린 둘 다 그의 친구니까, 이래도 맞고 저래도 맞았다.

"누가 갈 거야?"

"그거야 당연히 너지."

두 사람이 일제히 내게 말했다. 하나는 개장수이니 가나 마나고 하나는 주인이니 보나 마나라는 것이다.

"난 그렇게까지 궁금하지는 않은데. 정말이야. 그냥 여러분 말씀이 맞는 걸로 하면 안 될까?"

"안 되지."

두 사람은 갑자기 냉정, 침착해져서 고개를 저었다. 그러고 나서 한 사람은 개의 종류, 나이, 성격에 대해 설명하기 시작했고 한 사람은 개를 기로 제압하는 방법, 잡는 방법, 끌고 나오는 방법에 대해 친절하게 가르쳐주었다. 그러다보니 어느새 내 친구 집에 닿았다. 두 사람은 대문 뒤에 숨어서 기다렸고 나는 그들에게 배운 대로 개 집 앞으로 다가갔다. 큼직한 셰퍼드 잡종이 나를 쳐다보더니 컹컹거리며 짖기 시작했다.

나는 계속 '나는 지금 미쳤다'고 주문을 외우며 개 앞으로 다가섰다. 개는 줄을 끊을 듯 펄쩍펄쩍 뛰며 미친 듯 짖어댔다. 나는 틈을 주지 않고 개의 대가리에 맞닿을 듯 내 얼굴을 확 들이밀었다. 그렇게 과감하게 개가 설정해놓은 임의의 경계선을 없애면 개는 공격을 하든지 저항할 의지를 잃든지 한다는 것이다. 개는 내가 입이라도 맞출 듯 다가가자 놀랐는지, 어이가 없는지, 더러워서 그러는지 더이상 짖지 않았다. 고개를 갸웃거리면서 나를 쳐다보다가 내가 또 얼굴을 확 갖다대자 끄응, 소리를 내면서 개집 안으로 들어갔다. 나는 개장수가 가르쳐준 대로 기를 모으기 위해 심호흡을 한 다음, 개 집 속에 팔을 들이밀었다. 오, 술에 취해 제정신이 아닌 게 얼마나 다행이었던지. 그리고 개의 목줄을 더듬어 잡고 젖 먹던 힘을 다해 끌어냈다.

다음날 비몽사몽간에 내 친구로부터 전화를 받았다.

"웬일이야."

"개집 찾으러 가려구."

내다보니 정말로 웬 개집이 마당에 놓여 있었다.

"내가 이걸 들고 왔나? 전혀 기억이 안 나는데. 개는?"

"간밤에 제집을 도둑맞았다고 밥도 안 먹고 울고 있다."

"나 많이 취했었나보지?"

"그래."

"왜 안 말렸어?"

"웃느라고 정신이 없어서."

선행학습

아이가 중학교에 들어갈 때가 되자 귀에 들어오는 말들은 이랬다. 첫째, 지금의 학부형 세대가 중학교 다닐 때의 과정과 현재 중학교 과정을 비교하면 유치원과 중학교 정도의 차이가 난다. 둘째, 그럼에도 불구하고 웬만한 애들은 중학교 1, 2학년 과정을 중학교에 들어가기 전에 미리 배우고 들어간다(이런 걸 선행학습이라고 한다는 말을 들었다). 셋째, 학부형이 집에서 공부를 가르치지 못한다면 학원에 보낼 수밖에 없는데 대부분의 학부형은 중학교 과정을 가르칠 수 없다. 그런 이야기를 듣고도 아이를 학원에 보내지 않겠다고 한다면 나는 대단히 주관이 강한 학부형이거나 바보일 것이다. 그런데 또 이런 말이 들려왔다.

"우리 면面 학원들은 수준이 형편없잖아. 애들이 학원에서도 맨날 놀기만 한대. 역시 학원에 보내려면 읍으로 보내야지. 거기 애들은 수업 분위기가 되어 있다는 거야."

나는 물었다.

"면에서 모두 아이들을 읍에 있는 학원으로 보내면 자리가 모자라지 않겠어?"

누군가 대답했다.

"걱정하지 마셔. 읍에 있는 애들은 시로 간다니까."

나는 또 물었다.

"시에 있는 애들, 그러니까 시에 살다가 중학교로 진학할 애들은 어느 학원에 가야 하나?"

다른 누군가 대답했다.

"걔들은 서울로 간대. 강남으로 말야."

난 또 묻지 않을 수 없었다.

"그럼 강남 애들은 어디로 가지? 유학을 갈까, 중학교가 없는 나라로?"

아무도 대답하지 않았지만 나는 그들의 눈길에서 또 쓸데없는 궁금증으로 저와 남을 괴롭힌다는 비난의 의사를 읽을 수 있었다. 이만하면 나도 바보는 아니다. 나는 더이상 질문을 하지 않았고 아이는 제 어머니의 손을 잡고 읍에 있는 학원에 간다고 나갔다.

갔다 온 아이는 풀이 죽어 있었다.

"읍의 학원은 면 학원하고 다르게 시험을 보더라구요. 읍에서 제일 좋다는 학원에 갔거든요. 거기 영재반하고 일반반이 있어요. 영재반은 일주일에 다섯 번 가구요, 하루 여섯 시간씩 공부하는데요……"

함께 갔던 아내가 이어서 설명했다.

"일반반은 일주일에 사흘을 수업한대. 영재반은 자신이 없대서 일반반에 신청했지. 시험을 봤는데 얘가 암만 생각해도 떨어진 것 같다는 거야. 그 학원은 나중에 결과를 알려준대. 그래서 옆에 있는 학원으로 갔어. 그 학원은 읍에서 두번째 가는 학원인데 좀 덜 시끄럽다고 그러더라구. 또 시험을 봤는데 얘가 삼십 분도 안 됐는데 다 봤다는 거야. 그런데 오 분 만에 결과가 나왔어."

학원의 상담교사는 이렇게 말했다.

"아니, 애를 얼마나 무관심하게 방치했길래 이렇게 학력이 떨어지죠? 맨날 노나봐요."

아내는 그래도 학교에서 2, 3등은 하는데요, 하고 저항했다고 한다. 그러자 상담교사는 상담은 하지 않고 호령하기 시작했다. 이를 기념하여 앞으로는 그를 호령 교사, 아니 호령 상담사로 부르겠다.

"반에서 이삼등 아니라 육 년 내리 전교 일등을 해봐야 아무 소용 없어요. 학교에서는 국어나 수학같이 학력에 결정적인 영향을 미치는 과목을 음악이나 미술하고 같이 치잖아요. 그거 믿고 애를 지금처럼 내버려두면 애, 중학교 이학년만 돼도 다른 애들하고 경쟁이 안 돼요. 대학은 꿈도 못 꾸게 된다구요. 그게 부모 책임이라고 생각해보세요. 지금 당장 성적은 안 되지만 우리 학원 일반반에 붙여줄 테니까 내일부터 다니게 하세요. 아셨죠?"

아내는 호령 상담사 앞에서 주눅이 들다못해 수치에 가까운 감정을 느꼈다고 했다. 아내는 일단 알았다고 하고 집으로 돌아왔는데 밥맛도 없고 살고 싶지도 않았다고 한다.

"까짓거 안 가면 그만이지. 학교 교육은 전인교육이잖아. 사실 뭐 전인교육은 과장이라고 치더라도 최소한 전인교육을 지향하는 교육 아니겠어. 그 결과는 나를 보면 알 것이고. 까짓, 학원 교육은 점수기계를 만들 뿐이야."

그 말이 벌집을 들쑤신 꼴이 되었다. 아내는 호령 상담사에게서 받은 스트레스를 내게 풀기 시작했다. 누구는 학원을 보내고 싶어서 보내느냐, 학원비가 애 장난인 줄 아느냐, 안 보내면 다른 애들한테 떨어지고 한번 떨어진 성적은 만회하기가 불가능하기 때문인데 지금 학원을 안 보냈다가 가래로 막을 일을 나중에 불도저로 막아도 당하지 못한다, 불도저 값이 얼만 줄 아느냐…… 결국 나는 두 팔을 들고 만세를 불렀다.

"그래 보내, 보내시라구. 갈 수만 있으면, 가주면 애한테도 고맙지.

지금 한 달에 오십만 원 집어넣어서 고등학교 때 한 달에 백만 원 이하로 과외비를 맞출 수 있으면 엄청나게 비용을 절약하는 게 되겠습니다. 어, 고맙군, 모두들. 애, 학원, 당신, 학교, 세상, 교육부 전직 현직 미래의 장차관 차관보 국장 나리까지 셀 수 없고 보이지 않는 기타 등등의 교육계 종사자 여러분."

그러고 나서도 나는 궁금한 게 있어서 아이를 나중에 따로 불렀다.

"그 영재반 애들 말이다. 일주일에 다섯 번, 하루 여섯 시간씩 학원에서 공부하면 도대체 학교에서는 뭘 배우니. 잠은 언제 자고?"

그랬더니 아이의 대답은 수업시간에 잔다는 것이었다. '잠자는 숲속의 공주'가 아니라 '잠자는 교실의 아이들'에게 교사들은 차라리 고마워한다고 한다. 차마 믿고 싶지 않았지만 아이가 덧붙이는 말인즉,

"아빠, 언니들이 그러는데요. 우리 면 중학교는요, 수업시간 오십 분에서 사십 분은 조용히 하게 만드는 데 쓰구요, 나머지 십 분 수업한대요. 그 십 분 동안 공부해가지고 다른 도시 애들하고 경쟁이 안 되니까 학원에 가는 거래요."

아이의 6년 선배가 되는, 곧 올해 우리 면의 고등학교 3학년인 아이들 가운데 수능시험에서 수석을 한 아이는 점수에 맞춰 대도시 변두리의 전문대학에 진학할 것을 고려하고 있다고 한다. 그랬더니 교

사들이 집으로 찾아와 그 아이가 전문대학을 가면 다른 아이들은 고등학교를 다시 가란 말이냐고, 떨어지더라도 4년제 대학에 꼭 지원해달라고 당부했다는 이야기를 들었다. 아으 다롱디리.

이웃집의 늦둥이 영훈이, 초등학교에 들어가더니 인사도 잘한다. 어른만 보면, 안녕하세요, 안녕하세요! 인사를 받아주느라 "그래 영훈이도 공부 잘하니?" 하면 귀여운 영훈이가 갑자기 고개를 돌리고 "에이휴!" 하고 세상 다 산 사람처럼 한숨을 쉰다. 어른이 박수 치며 웃는 얼마 동안 한껏 인상을 찌푸리고 서 있던 영훈이가 동강동강 뛰어간다. 날은 환하고 빛은 거울처럼 맑아도 겨울이다. 얄리 얄리 얄라셩 얄라리얄라.

말을 말하는 말

여러분은 말馬, 하면 무엇이 떠오르십니까? 말띠 팔자? 지금 말씀하신 여성분이 말띠신가요? 제 누이 둘이 모두 말띠입니다. 쌍둥이는 아니고 띠동갑이지요. 제가 딱 중간에 있구요. 그들은 팔자가 드셀 거라는 말을 귀가 닳게 들어온 것만 빼면 무난하게 인생을 살아왔습니다. 큰누이는 어린 시절 제게 목말을 많이 태워주었습니다. 그때마다 어지럽고도 황홀했던 기억이 납니다.

자, 또 뭐가 떠오르십니까. 경마? 저 역시 그렇습니다. 말을 경주에 활용한 지는 오래되었지요. 대표적인 게 윷놀이입니다. 신라시대부터 있었다고 하는군요. 부여족의 저가猪加, 구가狗加, 우가牛加, 마가馬加, 대가大加에 해당하는 도·개·걸·윷·모의 모가 말입니다. 모가 나면 다섯 밭을 갈 수 있고 다시 한번 더 놀 수가 있지요. 말이 돼지, 개, 양, 소, 말 다섯 짐승 가운데서 제일 빨라서 이런 대접을 받는 것이지요.

윷놀이는 전 세계적으로 우리나라밖에 없습니다. 하지만 본격적인 경마는 서양에서 먼저 시작되었고 현재도 미국과 유럽을 중심으로 발전하고 있는 경주입니다. 그렇지만 우리나라밖에 없는 경마도 있습니다. 바로 그 이야기를 해볼 참입니다. 그 경마는 바로 조랑말 경주랍니다.

세계적으로 경마에서 가장 많이 쓰이는 말은 서러브레드through-bred 종입니다. 영국의 암말과 아라비아의 수말을 교배시켜 경주용으로 개량한 잡종인데 속도가 빠르고 힘도 좋지요. 다 큰 서러브레드는 체고가 평균 163센티미터쯤이고 체중이 450킬로그램이랍니다. 최고 시속은 60킬로미터가 넘지요. 그 말이 결승선을 치고 들어올 때의 박력은 정말 대단합니다. 내가 돈을 건 말이 들어올 때는 감동 그 자체지요. 현금 450킬로그램이 내 품으로 뛰어들어오는데 감동하지 않을 사람이 있을까요.

우리나라의 제주도 조랑말은 어떠냐. 제주도에서는 고려 때 원나라에서 몽골 말을 들여오면서 본격적으로 사육을 하기 시작했고 번성기에는 전체 마필 수가 2만 마리가 넘었다는 기록이 있습니다. 1980년대에는 1천여 마리로 줄어들었다는군요. 조랑말이란 이름은 속칭이고 공식 명칭은 '제주마'라고 한답니다. 체고가 110~120센티미터, 체중은 세 살 기준으로 230킬로그램 정도입니다. 서러브레드에 비하면 아담하죠. 제주 조랑말은 원래 연자방아 돌리기나 짐수레 끌기, 밭 갈기 등등에 많이 쓰였지요. 속도를 내기 위해 혈통을 개량한 말이 아닙니다. 시속 60킬로미터로 밭을 갈아서 무엇에 쓰겠습니까. 그러니까 조랑말은 경주에는 적합지 않은, 아니 경주를 해본 적도 없던 말입니다. 그런데 이 말이 어째서 세계 최초로, 제가 알기로는 그렇습니다, 경마에 뛰어들게 되었던가. 말띠에 경마와 이야기를 좋아하는 사람이 제게 들려준 전설이 있습니다.

1980년대에 어느 군 출신 대통령이 제주도로 놀러, 아니 민정을 시찰하러 왔습니다. 그는 골프를 치고 오다가 산간 마을에 한가롭게 뛰어노는 조랑말, 아니 제주마를 보고 무릎을 치게 됩니다. 60년대 후반부터 농업이 기계화되면서 조랑말, 아니 제주마, 이거 왜 자꾸 조랑말이란 말부터 튀어나오는지, 하여간 그 말들이 쓰임이 줄어들어 숫자가 격감하는 차였습니다. 따라서 제주마를 보호 육성하고 관광 진흥을 통한 지역사회 개발과 축산 진흥 등등을 목적으로 경마장을 세우면 어떻겠느냐고 했던 것입니다. 이건 물론 공식적이고 역사적인 표현이고 실제는 본인도 기억 못할 것이라고 봅니다만, 하여튼 전설로는 이렇습니다.

"어이, 마실장. 저 쪼랑말로 경마 겉은 거 해보마 어떻겠노?"

여기서 실장이 경호실장이냐 비서실장이냐 같은 걸 따지면 안 됩니다. 전설이기 때문에. 또 당시 마씨 성을 가진 실장이 대령인지 대통령인지를 수행을 했느냐 어쩌느냐 하는 것도 따지면 안 되겠습니다. 왜냐구요? 전설이잖습니까. 하여간 마실장은 대답합니다.

"각하, 마, 그거 역사에 길이 남을 영단이십니다. 아까 도지사 말도 요새 관광객이 줄어서 걱정이 태산이라 카데예. 마, 지금 당장 그리 하시지예."

"어허 이 사람이 나보다 우째 성질이 급한가. 급할수록 돌아가라 안 카나. 무신 문제는 없을랑가?"

"마, 하면 된다, 이런 팻말을 경마장 공사장에 걸어놓도록 조치하겠십니다. 하면 된다에 일언반구 덧붙이는 거도 안 된다, 마 이 말도 걸어놓겠십니다. 어데로 눈을 돌리도 다 보이도록, 안 볼 수가 없도록 만반의 조치를 다 하겠십니다."

"공사는 우째든동 쪼랑말이 쪼만해서 사람을 싣고 잘 뛸랑가. 팍 고꾸라지는 거 아이가?"

"마, 마, 마 그라마 조랑말 목장 출입구에 축구장맨쿠로 크게 전광판을 설치하겠십니다. 안 되면 되게 하라, 이래 번쩍번쩍하구로 조치하겠심다."

"그래, 말들이 글자를 잘 알아볼지 모를따. 그란데 니 경상도 말이 마이 늘었다. 처음에는 밥하는 살을 자꾸 쌀이라 캐쌓더이."

"마, 이기 다 하면 된다는 각하의 말씀을 자나깨나 외고 또 윈 덕분이 아니시겠십니까."

하여튼 제주마를 경마에 활용해보겠다는 계획이 1986년에 입안되어 세계 최초인 조랑말 경주장이, 아니 제주경마장이 1990년에 세워졌습니다. 그런데 전설은 여기서 끝나지 않습니다. 경마장에서 훈련을 받던 조랑말, 재래마, 제주마, 자꾸 헷갈려서 안 되겠으니 그냥 조랑말이라고 하겠습니다, 야성이 남은 조랑말은 틈만 나면 서로 발길질을 해댔다고 합니다. 뜯어말리고 나서 물어보면 저희가 조금 큰 캥거루인 줄 알았다고 한다는군요. 경주용이 아니니 느린 것은 말할 것도 없고, 어쩌면 경마에 쓰이는 말 중에 세계적으로 가장 느린 말이 아니냐는 말도 나왔습니다.

그러고도 전설은 계속되었으니, 우승마를 예측하기가 가장 어려운 경마라는 전설을 만들어내게 됩니다. 경주마의 성적을 예측하는 데는 과거의 경주 성적, 예를 들어 순위, 경주기록, 3펄롱furlong(결승선 직전 600미터의 주파 시간), 말의 컨디션, 경주거리, 기수와 말의 관계, 부담중량, 경주로 상태 등등 여러 가지 변수가 있습니다. 그리고 말의 습성이 있지요. 먼저 치고 나가는 말이냐, 나중에 따라잡는 말이냐, 앞서서 도망을 잘 가지만 한 번 추월당하면 전의를 상실하는 말이냐, 선두권에 있다가 결승선 앞에서 치고 나가는 말이냐 등등.

최초로 조랑말 경주가 열렸을 때는 이런저런 자료가 없었습니다. 그건 사실 어떤 경마라도 최초로 열리면 마찬가지지요. 시간이 지나면서 자료가 축적되고 분석을 거쳐 예측의 정확도는 높아갑니다. 그런데 조랑말 경주는 시간이 웬만큼 지난 뒤에도 우승마를 예상하기가 어렵다는 게 문제였습니다. 변화무쌍한 조랑말의 마음 때문이었습니다. 생활에 쓰는 말을 경주마로 급조했으니 당연한 결과였겠지요. 조랑말의 변덕에 따라 기록이며 순위가 제멋대로 바뀌었습니다. 뒤로 가고 싶으면 뒤로, 운동장으로 가고 싶으면 운동장으로, 풀밭이 마음에 들면 그곳으로, 누가 약을 올리면 한 대 차주러 가고 또 갔으며 달리고 또 달렸습니다.

제가 아는 말띠의 전설적인 전문가는 꿈의 경마라 할 수 있는 미국의 켄터키 더비, 영국의 엡섬 더비, 일본의 재팬 더비를 모두 다녀왔다는 경마광인데, 게다가 켄터키 더비에서는 64배의 배당을 받기도 했답니다. 그는 도대체 조랑말 경주에서는 돈을 딸 수가 없다고 투덜거렸습니다. 그의 이야기를 들은 것이 제주경마장이 개장하고 5년째였으니 조랑말 경주가 얼마나 어려운 것인지 짐작하실 겁니다.

그럼에도 불구하고 세월이 흐르고 또 흐르면서 우승 가능성이 전혀 없는 말, 이걸 경마장에서는 '똥말'이라고 하는데, 그런 말이 차츰 드러나기 시작했습니다. 바로 이 조랑말 경주장에서 말입니다. 개선의 여지가 전혀 없는 똥말임이 드러나면 폐마가 되어 밖으로 퇴출됩니다. 원래의 일상으로 돌아가게 되겠지요. 시간이 걸렸다는 것뿐이지, 조랑말 경주도 자리를 잡았다고 합니다. 이름도 경마공원으로 바뀌었다는군요. 중국의 순자는 "천리마는 하루에 천 리를 달리지만 똥말도 열흘이면 이를 따른다夫驥一日而千里 駑馬十駕 則亦及之矣"고 했습니다. 이제 조랑말도 천릿길을 천 번은 넉넉히 달렸을 겁니다.

여러분, 말 하면 또 생각나는 게 없으십니까? 자, 없으시면 제가 묻겠습니다. 우리가 말이라고 한다면 우리의 생은 경주일까요, 아닐까요. 경주라면 누가 시킨 걸까요, 우리가 자발적으로 하는 것일까요.

우리 동네 가수

들일을 하면서 마신 한두 잔의 막걸리에 발동이 걸려 초저녁부터 술판이 벌어졌다. 그래도 내일을 생각하면 도시에서처럼 12시, 1시를 넘기기는 힘든 일이어서 11시가 조금 넘자 자연스럽게 술판이 끝나나 했는데, 느닷없이 밖에서 누군가 창을 두드렸다. 유리 너머 어둠 속에 어릿어릿 보이는 얼굴은 장국영이었다.

"들어가도 돼유?"

우리는 일제히 얼굴을 마주보았다. 뼛속까지 농부이지만 노는 일에도 누구 못지않게 열심인 이장과 도시에서 살다 온 지 얼마 되지 않아 이장에게서 농사일을 배우는 한씨, 그저 노는 것만 좋아하는 나, 읍내에 도배 가게를 연 기술자 이씨가 우리였다.

"어쩌지?"

"어쩌긴, 들어오라구 해야지. 어이, 영화배우. 들어와."

이장이 그래도 어른스럽게 대처했다. 우리가 홍콩의 영화배우와 이름이 같은 우리 동네 장국영을 꺼리는 이유는 따로 없다. 평소에는 얌전한데 술만 취하면 다른 술자리를 기웃거리며 밤이라도 새울 위인이기 때문이다. 그냥 기웃거리는 게 아니라 꼭 트집을 잡아 무슨 사달을 일으킨다. 장국영이 문밖에서 흙투성이가 된 농구화 끈을 푸는 동안 우리는 눈짓 손짓 발짓으로 재빨리 작전을 짰다. 남아 있는 술을 싹 감추고 트집을 잡지 못하도록 우리끼리 놀자는 것이었다. 술을 번개처럼 집어넣은 뒤 우리는 돌아가면서 노래를 하기 시작했다. 나머지 사람은 열심히 반주를 해가며 나지도 않는 신바람을 냈다. 장국영이 어렵사리 신발끈을 풀고 안에 들어왔지만 우리는 쳐다보지도 않았다. 오로지 노래에만 열중했다.

"여봐유. 여봐유, 아, 여봐유!"

장국영이 계속 불렀지만 우리는 일치단결해서 노래를 부르고 박수를 치고 손바닥이 아프도록 상을 두드렸다. 삼팔선의 봄, 짠짜자잔짠짠짠……

"아, 나도 끼워줘유!"

장국영이 소리를 질렀다. 이장이 고개를 돌렸다.

"얌마. 여긴 술판이 아니고 노래판이야. 내 너를 사십 년 동안 봤어도 노래하는 건 한 번도 못 봤다. 고맙게 듣기나 해!"

우리는 계속했다. 다음은 이씨. 천드응산 박달재를 울고 넘는 우리 님아. 으싸으싸으싸으싸.

"나도 할 수 있단 말유. 있슈!"

장국영이 소리쳤지만 우리는 들은 체도 하지 않았다. 다음은 앵금리의 최고 카아수, 이장니임, 돌리시고, 하나 둘 삼 넷…… 그때였다. 느닷없이 우리의 머리 위에서 음정도 박자도 맞지 않는 괴상한 노랫소리가 들려오기 시작했다.

"나실 제 괴로움 다 잊으시고……"

우리는 노래를 그치지 않을 수 없었다. 장국영이 선 채로 시커먼 두 손을 앞에 모으고 노래를 부르고 있었다.

"하늘 아래 그 무엇이 넓다 하리오. 어머님의 희생은 가이 없어라."

그 노래 앞에서야 아무리 개망나니라 해도 숙연해지지 않을 도리가 있으랴. 노래가 끝난 뒤 이장이 입을 열었다.

"장국영, 노래 잘하네. 또하나 해."

장국영은 털썩 자리에 앉더니 물에 빠졌다 나온 개처럼 고개를 흔들며 소리쳤다.

"나 아는 노래는 그거밖에 없슈. 좋으면 열 번이고 백 번이고 그거 더 할게."

그의 노래를 막으려니 술을 바치지 않을 도리가 없었다.

아르카디아의 게

벨기에령 아르카디아 섬에는 특산의 민물게가 살고 있다. 아르카디아 게로 불리는 이 게는 대략 4천만 년 전에 생겨나서 이제까지 대를 이어 살아온 것으로 보이는데 원주민들에 의하면 이 섬에서 이 게처럼 쓸데없는 존재도 없다고 한다. 이 게는 잡기에 귀찮을 정도로 작고 잡는다 해도 뱃전에 부걱부걱 냄새나는 거품을 바르며 그 물코를 망가뜨리거나 어부의 발바닥을 찢고 긁는 게 일이다. 구우면 한 마리에 겨우 손톱만한 쓴맛 나는 살을 발겨낼 수 있을 뿐으로 아무도 잡으려는 사람이 없다. 이런 게를 좋아하는 물고기는 물론이고 천적도 있을 수가 없어서 이 게가 그렇게 오래도록 살아남을 수 있게 된 것이 아니냐고도 한다.

아르카디아 게는 천성적으로 적게 먹고 적게 배설하며 적게 움직인다. 일생에 단 한 번 번식기를 맞는데 몸짓이나 색깔의 변화도 거의 없이 조용히 수정을 끝낸다. 가끔 암수가 서로를 찾을 수 없을 정도로 환경이 악화되면 무성생식을 하는 것도 관찰되고 있다. 수정이 끝나면 조개나 물고기가 파놓은 구덩이로 가서 산란을 하고 알이 깰 때까지 아무것도 먹지 않고 그곳을 지킨다. 게가 있는 줄 알면서도 그 구덩이로 들어가려는 물고기며 조개는 없다. 칼날보다도 강하고 창보다 날카로운 집게발이 두려운 까닭이다. 이처럼 생존과 번식에 완벽한 조건을 갖추고 있는 게지만 아르카디아 섬의 지배적인 종족이 되지 못하는 데는 이유가 있는 것 같다.

섬의 동쪽에서 태어나 살고 죽은 어느 현자가 아르카디아의 게에 관하여 "독존, 독거하며 쓸모가 없으므로 손익과 풍파를 떠나 오래오래 산다"고 조개껍질에 기록했다. 서쪽에서 태어나 살고 있는 역사가의 말에 따르면 그 현자가 쓸데없이 오래 산 저의 삶을 그렇게 비유하여 미화한 것에 불과할 뿐, 게와는 관련이 없다고 한다. 혹은 그 현자는 게의 삶만 보았지 죽음은 보지 못한 것이라고도 비판한다.

자연이 아르카디아의 생명체에게 준 어떤 갑옷보다 단단한 게의 갑각은 어떤 존재의 공격도 막아낼 수 있다. 또한 마찬가지 재료로 만들어진 집게발은 어떤 종류의 껍질이라도 무자비하게 뚫고 자를 수 있다. 그리하여 역사가는 기록했다.

"아르카디아 게는 오직 아르카디아 게에 의해 죽는 것이다. 만나는 순간 서로가 서로에게 갑옷과 집게발을 부딪쳐 치명적인 상처를 입히고 입는다. 그런 채로 서로를 먹는다. 그런 상대마저 없을 때는 스스로의 발을 먹기도 한다. 자연이 베푸는 은혜에는 이처럼 잔인한 칼날이 숨어 있다."

완전주의자를 위하여

　우리 동네에는 '류박사'로 불리는 양반이 있다. 그분이 정말 무엇을 전공한 박사인지는 모르지만 희끗희끗한 머리에 늘 불그레한 안색, 입을 열었다 하면 도도한 강물이 흘러나오듯 열변을 토하는 그의 모습은 텔레비전 심야 토론에 나오는 어떤 박사들보다 훨씬 더 박사처럼 생겼다.

　그는 또한 내가 참가하고 있는 조기축구회의 주전 골키퍼이다. 그에게 그 자리가 돌아간 것은 축구회에서 제일 나이가 많고 따라서 운동량이 적은 골키퍼가 적당했기 때문이다. 그러나 그건 다른 포지션을 맡은 사람들 생각이고 류박사는 자신이 누구보다도 축구에 대해 많이 알고 있기 때문에 당연히, 자신이 골키퍼를 맡은 것이라고 생각하고 있다. 축구는 골을 먹으면 지는 것이요, 넣으면 이기는 것인데 골키퍼 이상으로 중요한 자리가 어디 있겠는가. 또 골키퍼는 피아의 허점과 장점을 냉철하게 관찰한 다음 작전을 구상할 수 있는 위치에 있으므로 그 자리를 맡을 사람은 자신밖에 없다는 것이다. 시합 전, 시합중, 또는 시합 후를 가리지 않고 골문 앞에서 잘했네, 못했네 감독 이상으로 고래고래 소리를 질러대곤 하는 게 그의 버릇이다. 그가 어찌나 고함을 질러대는지, 또 시합이 시작되기 전이나 후에 얼마나 잔소리를 해대는지 다른 선수들은 모두 할말을 잃고 만다.

"저런 바보! 멍청이! 등신!"

"저걸 헤딩이라고 하는 거야? 엉덩이로 해도 저거보다는 낫겠다."

조기축구회 친선 시합에 아나운서나 해설자가 있을 리 없지만 그가 서 있는 골문 뒤에 가면 아나운서에 해설자, 감독, 선수를 합친 중계를 들을 수 있다. 이처럼 축구회 사람들이 그의 천재적인 비평과 잔소리를 받아주는 것은 그가 여러 가지 미덕, 나이, 유난히 큰 목소리, 누구보다도 해박한 지식과 엄격한 논리를 가지고 있기 때문이다. 글쎄, 그 모든 것에 우선하는 이유는 아무래도 조기축구회 사람들이 착하기 때문에 그런 것은 아닐까.

착한 사람은 축구회에만 있지 않다. 우리 동네 사람들 전부 착하기로는 둘째가라면 서러워할 사람들이다. 류박사가 동네를 어슬렁

거리기 시작하면 사납고 말 안 듣고 세상모르고 들까부는 딴 동네 아이들조차 착해지는 것 같다. 그의 눈에 조금이라도 거슬리는 행동을 했다가는 당장 벼락같은 호통이 떨어지고 그래도 말을 듣지 않으면 용서 없는 이단옆차기, 그래도 말을 듣는 기색이 없으면 귀를 잡아 부모에게 끌고 가기, 그래도 말을 안 들으면 파출소에 신고하기, 그래도 말을 안 들으면 천하에 몹쓸 집안(혹은 그의 독특한 용어로 '불학무식한 것들')이라는 낙인을 찍어버린다. 물론 마지막 단계까지 간 적은 없지만 말이다. 그러니 착해지지 않을 도리가 없다. 우리 동네의 착한 사람들이 그를 참아주는 한, 그는 우리 동네의 무관의 제왕이자 배지 없는 보안관에 정치평론가, 경제사가, 거기다 유일무이한 언어학자다.

언어학자로서의 면모는 일곱 가지 얼굴을 가져 칠면조 같다는 그의 여러 가지 면모 가운데 가장 두드러지는 특징이다. 약수터 옆에 '만남에 광장'이라는 표지판이 있었는데 동사무소에 호통을 쳐서 '만남의 광장'으로 바꾸게 한 사람이 바로 그였다. '자연을 애호愛好합시다'의 애호는 애호愛護로 바뀌는가 했더니 그냥 한글로 '사랑'이라 고쳐졌다. 우리 동네를 통틀어 기념記念과 기념紀念, 기능機能과 기능技能, 성분成分과 성분性分을 구별하고 설명하고 오류를 지적할 수 있는 사람은 그밖에 없었다.

그는 동네 음식점들의 차림표에서 잘못된 것, 가령 '낚지뽁음'→

'낙지볶음', '떡뽁이(떡복기, 떡붂기)'→'떡볶이', '김치찌게'→'김치찌개', '육계장(육게장)'→'육개장'을 갈 때마다 일일이 지적해서 바꾸지 않을 수 없게 했고 골목 가장 깊은 곳에 있는 '어름'→'얼음', '팜니다'→'팝니다'의 간판도 지속적인 잔소리로 바로잡았다. 어떻게 그가 미장원 안까지 쳐들어갔는지는 모르겠지만 '스트레스 파마'가 '스트레이트 파마'로 바뀐 건 그의 잔소리 덕분인 게 분명했다.

어쨌든 나는 류박사 같은 사람이야말로 세상의 빛과 소금 같은 사람이라고 생각하고 있다. 뭐 이렇게까지 아부할 일은 없지만. 그는 완전주의자였다. '~주의자'라는 말 자체가 그것을 지향한다는 뜻으로 자체의 완전성을 보증해주는 것은 아니고 그것으로 가는 도정에 있다는 것을 의미한다. 어쩌면 그가 '완전주의자'에서 '주의자'의 의미를 가끔 잊어먹고 완벽한 인간을 뜻하는 '전인全人'을 자부한다는 게 '완전주의자'로서의 속성을 나타내주는 것일 수도 있다. 그것만 그가 깨닫는다면 그는 정말 완전한 사람이 될 것인데 나는 바로 그게 걱정이다. 완전한 사람은 사람이 아니니까. 나하고 같이 놀 수도, 살 수도 없으니까. 그를 떠나보내기 싫으니까. 그래서 나는 그의 완전하지 못한 일면에 관한 일화를 하나 챙겨두었다.

그날은 오후부터 이슬비가 오락가락했다. 저녁이 되면서 비가 멎었는데 그때 그가 낡은 운동복 차림에 한가한 걸음걸이로 가게에 왔다.

"조사장, 많이 바쁘지?"

아직 구멍가게를 하기 시작한 지 일 년도 못 된 나는 사장이라는 말이 어색하고 계면쩍었다.

"비 때문에요, 박사님."

그는 박사라는 꼬리를 원래 태어날 때부터 가지고 있던 사람처럼 태연하게 받아들였다. 진짜 박사가 와서 부른다고 해도 마찬가지일 것이다.

"나 맥주 한 병 주실 수 있겠나."

"맥주라구요?"

"음, 오늘은 모처럼 한잔하고 싶군. 그런데 가지고 나온 돈이 없다네. 그렇다고 외상을 하기도 그렇고……"

나는 긴장을 풀었다. 그는 이처럼 완벽한 사람이었다. 공짜 술을 마셔도 전후를 살피고 나서 확실한 경우에 마시는 것이다. 나는 그의 팬으로서 기꺼이 그가 원하는 응답을 했다.

"뭐, 맥주 한두 병이야 제가 못 내겠습니까. 그런데 무슨 일이라도?"

내가 병을 따면서 묻자 그는 아무 일도 아닌 듯 텔레비전에 눈을 둔 채 말했다.

"저게 그 뭐냐, 회장이 국회의원 나가서 안 나온다는 그 연속극이지?"

"그렇죠. 최불암씨요. 떨어졌다더군요."

"우리 어머니께서 물으시더군. 어머니는 저녁연기를 몇십 년 동안 봐오셨거든. 그런데 요새 왜 그 회장이 저녁연기에 안 보이느냐고 물으시더라고."

"네에."

"어머니는 올해 아흔이신데 요즘도 저녁연기 보는 게 낙이시지."

"그런데 요즘은 밥 짓는 저녁연기 보기가 여간 힘든 게 아니죠."

"진짜 연기 말고 저녁연기 말야."

"글쎄요. 연기야 저녁에 나는 게 보기가 좋은데 그게 가짜 연기도 있나요? 연탄불 피우는 연기인가…… 좀 복잡하군요."

"내가 도통 텔레비전을 안 보니까 저녁연기라는 게 있는지 없는지를 몰라. 하여간 어머니께선……"

"아아, 그러니까 그게 드라마 〈전원일기〉를 말씀하시는 거군요."

"음. 저녁연기. 자네는 역시 발음이 나쁘군."

나는 잠자코 웃고 말았다. 아흔 살이나 된 노인이라면 〈전원일기〉를 '저녁연기'로 착각할 수도 있었다. 오히려 저녁연기라는 말이 더 친숙하고 정겹고 깊이가 있다고 나는 생각했다. 그런데 그가 겨우 맥주 한 병을 공짜로 마시고 두유 한 병을 외상으로 얻은 다음 만취한 사람 못지않게 비틀거리는 걸음걸이로 가게를 나서면서 한 말이 걸작이었다.

"거 스트롱 있으면 하나 주게."

나는 얌전하게 빨대를 꺼내 그에게 건네주고 나서 그가 골목을 돌아 사라진 다음 끝내는 하하하, 웃고 말았다.

세비리의 이발사

세비리世沸里에는 온천이 있다.

온천탕 간판에는 각각 사람 크기만한 '세비리'라는 붉은 글자를 쓰고 이어 사람 네댓 명은 들어가 누울 수 있는 크기의 거대한 원반 위에 김이 오르는 온천 표지를 달아놓았으며 그 아래에 무슨 글자인가를 아주 작게, 검은 글씨로 써놓았다. 나처럼 슬슬 노안이 걱정되는 나이가 되면 차를 몰고 가다가 문득 온천 표지를 보고 '온천이 있는데 목욕이나 하고 갈까' 하는 마음이 들었을 정도의 거리에서 '세비리' 하고도 온천 마크 아래의 작은 글자를 식별하는 것은 거의 불가능하다. 그래서 나는 이미 수십 대의 차가 멈춰 서 있는 주차장으로 무심히 차를 몰고 들어가 세웠고 온천으로 향했다. 호텔 카운터

같은 곳에서 제복을 입은 여성에게 표를 사서 목욕탕에 들어갈 때까지만 해도 그곳이 온천임을 믿어 의심치 않았다.

세비리는 예전부터 샘물로 유명한 곳이었다. 겨울에는 따뜻한 차 같고 여름에는 얼음물 같다는 샘물은 피부병과 위장병에 탁효가 있다고 해서 세종인지 세조인지 확실치는 않지만 '세' 자가 들어가는 임금이 여러 차례 다녀갔고 그후로 동네 이름이 '세비리'로 바뀌었다는 전설이 있다고 들었다. 어린 시절 몸에 부스럼이 자주 났던 삼촌이 이곳 세비리의 물을 마시러 온 적이 있을 정도다. 탈의실에서 옷을 벗으면서 나는 맞은편에서 옷을 입고 있는 사람이 삼촌과 닮았다고 생각했고 그 순간 여기가 온천이 아니라 샘이 아니었던가 하는 의혹에 사로잡혔다.

보통 온천탕에는 온천수의 성분이며 약효에 관한 설명문이 눈이 어지럽게 붙어 있는 법인데 어쩐 일인지 세비리 온천의 탈의실 벽은 눈부시도록 깨끗했다. 설명문이 하나 있긴 있었지만 계산대에서 판매하는 홍삼에 관한 것이었다. 주위를 두리번거리던 내 눈에 삼색 막대사탕 같은 이발소 표시가 눈에 들어왔다. 마침 머리 깎을 때가 됐다는 생각에 이발하는 곳으로 갔다.

"어서 옵쇼!"

흰 가운을 입은 이발사는 대략 서른다섯에서 마흔 사이의 나이로 보였다. 짧게 깎은 머리에 무스를 발라 뒤로 넘겼는데 한마디로 깎은 밤톨처럼 보였다. 나는 그가 손짓으로 권하는 대로 의자에 앉았다.

"여기 동네 이름이 세비리 맞지요? 옛날 세비리가 맞는 거죠?"

"여긴 쎄뷔리 하고도 서울로 치마 딱 밍동明洞에 해당하는 중심갑니데이. 마, 쎄뷔리 온천은 여게저게 쌔삐린 온천하고 수준이 다르지예. 근데 와 그라십니까, 싸장님?"

이발사는 시옷이나 비읍 같은 자음을 자기 마음대로 발음하는 버릇이 있는 것 같았다.

"내가 요 아래쪽 지방에 집이 있어서 가끔 지나다녔는데 여긴 못 본 것 같아서 그래요. 언제부터 온천이 나왔죠?"

이발사는 내게 가운을 씌우다 뭔가 찔리는 듯 멈칫했다.

"마아, 오픈한 지 한 서너 달 됐심다. 그란데 싸장님, 이 머리 어디서 했는교."

"머리요? 거야 뭐 집 근처에 다니는 이발소가 있어서…… 십 년 이상 다닌 단골이다보니 요새는 아무 말 안 해도 자기가 알아서 하지요."

이발사는 가위를 들면서 혀를 찼다.

"하하 참, 이기 이래서 안 되는 기라. 오늘 싸장님 나 만나서 헤어스타일을 역사적으로 확 바꾼다 생각하십쑈이. 내가 크게 베팅을 해서 백팔십도로 바꿔드릴 거구마."

"그래요? 나는 이대로도 괜찮은데…… 그런데 나는 여기가 샘으로 유명한 데가 아닌가 싶은데 언제부터 온천이……"

그때 이발사가 헝클어진 머리카락을 잘라내듯 단호하게 내 말을 끊었다.

"하 참, 이것 좀 봐라. 이기 무슨 이발을 해본 놈이가, 어데서 빗자루 들고 바닥만 쓸던 놈 아이가. 이 아까운 머리 해놓은 꼴이, 이기 이기, 나 참 내."

나는 내 집 근처의 단골 이발사가 그렇게 비난을 받아야 할 정도로 실력이 없는 사람이었나를 생각하느라 잠시 온천에 관한 생각은 접어두었다. 내 단골 이발사는 내가 어쩌다 다른 곳에서 이발을 하고 가도 그런 말을 하지 않았다. 내가 일부러 뭘 묻지 않으면 아무 말도 하지 않는 과묵한 사람으로 오래된 옷처럼 편했다. 나는 그가 이발을 할 때 대개는 잠이 들었고 깨고 나면 이발은 끝나 있었다.

"내 머리가 어때서 그러는데요."

"싸장님같이 이래 붕 뜨고 쫙 뻗치는 머리는 말입다. 깨끗하게 확 쳐가이고 체리를 발라서 싸악 넘기야 폼이 확 사는 기라요. 지금겉이 흐리이멍터엉하기 놔둘 거 같으마 아예 이발을 안 하는 기 나아요."

"체리? 체리가 뭡니까."

"체리라고 무쓰 비스무리한 기 있어요. 싸장님은 우째 머리에 기름 한번 안 발라보고 살아오신 거 같구마이. 체리도 모르는 거 보이까네."

"나 사장 아니에요. 백수건달이니까 자꾸 사장이라고 부르지 마세요."

이발사는 거울 속에서 힐끔 나를 내려다보고는 입을 비쭉했다.

"아, 듣기 좋고 부르기 좋으라고 하는 기지 뭐……"

어떻든 밤톨 이발사는 내 단골 이발사보다 훨씬 손이 빨라 보였다. 가위로 깎은 머리카락이 금방 수북이 쌓였다. 그는 그 대신 잔손질과 뒷마무리에 내 단골 이발사보다 두 배 이상의 시간을 들였다. 이리 깎고 저리 보고 내려놓았던 가위를 꺼내 조금 손질하다가 다시 빗질을 하고 고개를 갸웃거리고 작은 커터를 들었다가 커다란 충전식 커터를 꺼내고…… 도무지 내가 정신이 없고 불편했으므로 단골 이발소에서처럼 잠이 오지 않는 것은 당연했다. 그래도 세월은 흘러 이발은 끝났다.

"자, 보이소. 아까하고 천지 차이지예. 싸장님, 아이다, 손님이 나 안 만났시마 앞으로도 평생 제대로 이발을 몬 해보고 살았을 기라. 앞으로도 어데 딴 이발소 가더라도 딱 이래 해달라 카소. 마 여게다가 일 퍼센트도 더할 것도 없고 덜할 것도 없십니다."

나는 여러 분야의 기술자들을 만나왔지만 기술자치고도 이처럼 자부심이 강한 사람은 처음이었다. 많은 기술자들이 앞서 다른 기술자가 만든 결과물을 보고 트집을 잡고 솜씨를 타박했다. 결국 그 자신도 남에게 같은 꼴을 당할 것임을 알면서도.

이발을 마치고 목욕탕 거울 앞으로 가니 헤어스프레이, 헤어크림 같은 머리에 바르는 여러 가지 용품이 있었다. 그중 하나가 헤어젤이었다. 젤을 들고 고개를 갸웃거리다가 나는 어느 순간 젤이 '체리'로 변한 것임을 깨닫고 웃고 말았다.

목욕을 마치고 나와서 나는 무심코 간판을 올려다보았다. 사람 크기만한 세, 비, 리라는 글자, 이어지는 거대한 온천 마크. 그리고 그 아래에 사람 주먹만한 작고 검은 글씨는, '식 대중목욕탕'이었다.

고수

꽤 오랜 시간이 지났지만 지금도 나는 그의 생김새를 기억해낼 수 있다. 헝클어진 머리칼, 질기고 때가 잘 타지 않는 천으로 만든 허술한 옷차림, 습관인 듯 느릿느릿한 행동에 검푸른 안색, 두꺼운 입술, 길고 높은 코가 달린 얼굴. 내가 당구장에 죽치고 있는 사람 가운데 유별날 것도 없는 그를 기억에 담아두게 된 데는 그의 실력이 당시로서는 전설적인 일천 점이었다는 사실이 크게 작용했다. 그 무렵 내 당구 구력도 거의 10년이 넘었던 셈인데 나는 학교 졸업할 당시의 실력인 200점, 거기에서 요지부동 실력이 늘지 않았다. 그러나 내가 그를 지금까지 기억하는 것은 바로 그의 표정, 무표정한 표정 때문일 것이다.

스포츠이며 오락인 동시에 승부의 전장인 당구라는 분야에는 밀고 끌고 빨고 돌리고 벗기고 먹이고 회전시키는 등등, 모르는 사람이 들으면 얼마간 색정적으로 들릴 수도 있는 무수한 언어적 표현과 함께 한탄과 억울함과 바람과 행운과 불운, 애원, 기쁨, 비탄에 어울리는 각양각색의 몸짓과 비명과 감탄과 호소의 표출이 있다. 그러나 그에게는 그런 게 없었다. 그는 늘, 신기할 정도로 과묵하고 무표정했다. 인간의 희로애락 오욕칠정을 나타내는 표정에도 등급이 있다면 가장 높은 등급은 바로 그런 무표정이 아닐까 싶을 정도였다.

어느 무더운 여름밤, 나는 슬리퍼 차림으로 집에서 한 정거장도 떨어지지 않은 당구장에 들렀다가 흥미로운 광경을 보게 되었다. 자주 오는 월급쟁이 단골 가운데서도 유난히 시끄러운 한 남자, 실력은 500점을 헤아린다고 했지만 당구를 치면서 한시도 입을 다물지 않는 수다쟁이와 그가 당구를 치고 있는 것이었다. 수다쟁이의 동료들이 당구대를 둘러싸고 숨을 죽인 채 관전하고 있었고 당구장 주인인 내 친구는 팔짱을 끼고 서 있었는데 표정이 예사롭지 않았다.

"무슨 일이야?"

"가만히 있는 사람을 들썩여서는……"

이야기를 들어보니 자기들끼리 내기하다가 우승한 수다쟁이 친

142

구가 전설적인 일천 점 고수한테 한 수 배우자고 청했다는 것이다. 그는 처음에 사양했는데 자신을 무시한다고 생각한 수다쟁이가 친선 게임이 아니라 내기를 하자고 도전했다. 말이 일천 점이라는데 쳐보지 않고서야 어떻게 믿을 수 있겠는가. 또 엉터리 일천 점 실력의 사람(줄여서 천 다마ㅌ라고 한다)이 진짜 500점 실력의 사람(오백 다마)을 이긴다는 보장도 없는 것이다. 수다쟁이는 바로 그런 점을 동료들에게 큰 소리로 강조했고 자신 역시 여수 어디에서, 울산 어디에서, 영등포 어디에서 한때는 당구장 생활을 했다고 수다를 늘어놓았다. 그 생활이라는 게 얼마나 곤궁하고 한심하고 우스운 것인가에 대해서도. 자존심 때문인지 또 내기라면 자신이 있어서 그랬는지는 몰라도 어쨌든 그는 도전을 받아들였다.

두 사람 사이에 이른바 '제대 당구'라는 게임이 시작된 것은 내가 당구장에 발을 들여놓기 직전이었다. 제대 당구에는 당연히 내기가 붙게 마련인데 수다쟁이는 대뜸 내기 액수를 당시 여름휴가 보너스 정도에 해당하는 금액으로 하자고 일천 점 고수에게 제안했다. 고수에게는 현금이 없었지만 한때 당구장 생활을 한 당구장 주인, 즉 내친구가 보증을 서서 시합은 성립이 됐다.

한쪽은 쉴새없이 감탄과 한탄과 원망과 저주를 늘어놓고 한쪽은 시종일관 무표정하게 공을 치고 같은 자세로 기다리는 시합은 고수들의 세계를 잘 모르는 내게도 흥미진진했다. 수다쟁이가 공을 칠

때마다 그의 몸과 함께 구경하던 동료들의 몸까지 수숫대처럼 기울어졌다 일어섰고 '하아' '허어' 하는 감탄사가 이어졌으며 가끔 박수소리까지 터져나왔다. 시합이 막바지로 치달을수록 노골적인 응원, 몸짓과 야유가 등장했다. 침묵과 무표정으로 일관하는 그를 응원하는 사람은 보증을 선 내 친구와 심정적으로 약자 편이 된 나뿐이었다.

시합이 무르익으면서 시종일관 불리하던 고수에게 역전의 기회가 왔다. 숨을 죽이며 지켜보던 내 친구의 속삭임에 따르면 승부를 끝낼 수 있는 절호의 공이라는 것이었다. 그런데 웬일인지 그는 공을 치지 않았다. 일 분, 또 일 분이 흐르면서 사람들 사이에서 새어나오던 수군거림이 멎었다. 수다쟁이도 끈질긴 수다를 멈추고 그와 공을 번갈아 쳐다보며 다리를 달달 떨고 있었다. 그 떨림조차 멈췄을 때 그는 큐를 쳐들었다. 그가 친 공은 뜻밖에도 당구대를 한 바퀴 돌아오는 고난도의 어려운 공이었다.

공은 먼길을 돌아오느라 목적구에 닿기 전에 달려오던 힘이 많이 줄어 있었다. 수다쟁이는 공이 맞지 말기를 바라고 한껏 턱을 뒤로 젖히고 몸을 비비꼬고 있었다. 구경하던 사람들도 전깃줄에 앉은 참새떼처럼 같은 동작을 하고 있었다. 나는 그 공이 맞기를 바라면서 턱이 빠져라 하고 앞으로 내밀다가 문득 맞은편에 있는 그의 표정을 보게 되었다. 그는 여전히 무표정했다. 눈은 굴러오는 공에 맞춰져 있었으나 그 외의 변화는 없었다. 치기 전이나 치고 난 다음이나 한 결같았다.

아슬아슬하게 그 공이 맞음으로써 승부는 결정됐다. 그는 나머지 공을 쉽게 쳐내고 승부를 마감한 다음, 돈을 받았다. 요란한 발소리와 함께 수다쟁이와 그 일행이 나가버리자 당구장에는 우리 셋밖에 남지 않았다.

"아까 그 공이 결정구 같은데…… 그런데 왜 그렇게 어렵게 쳤을까?"

"그게 안 맞더라도 다음 공이 없게 만든 거야. 고수들 공은 원래 그런 거지."

그런 이야기 끝에 다 함께 생맥주나 한잔 마시러 가자고 내가 제안했다. 내 친구가 당구장 정리를 하도록 기다리는 동안 고수는 신발을 벗고 부채질을 했는데 그때 나는 이상한 것을 보게 됐다. 그의 양말 엄지발가락 쪽에 구멍이 나 있는 것이었다.

"궁금해?"

어느새 다가온 내 친구가 대신 대답해주었다.

"고수 체면에 몸을 쓸 수는 없잖아. 대신 구두 속에서 발가락을 꼼지락꼼지락하다보면 양말이 이 모양이 된다네."

무표정한 고수는 그제서야 보일 듯 말 듯한 웃음을 떠올리며 손가방을 열었다. 그는 그 속에 들어 있던 양말과 수건, 칫솔, 비누 등등의 떠돌이의 장비를 꺼내고 조금 전에 딴 돈을 집어넣었다. 가방에서 나온 양말 역시 한결같이 엄지발가락 부분에 큼지막한 구멍이 나 있었다.

가짜

기록적으로 더운 여름을 지나는 동안 나의 애마도 고생을 많이 했다. 1989년식으로, 총 주행거리 22만 킬로미터를 기록하고 있는 이 말은 내가 중고차로 샀을 당시 주행거리 11만 킬로미터에도 불구하고 겉은 멀쩡했다. 나중에 알고 보니 사고를 당하고 거의 새로 고치다시피 한 것이었다. 다행히 사고를 당한 쪽은 뒤쪽이어서 엔진은 말짱했다.

내 집 주변에는 서너 군데의 실력 있는 정비업소가 있다. 나름대로 경력이 있고 실력도 남부럽지 않게 있다고 자부하는 가게들이다. 나는 그 정비업소를 돌면서 한 번씩 엔진오일을 교환했다. 그때마다 물어보았다.

"차가 힘이 없는 것 같아요. 어떻게 하면 되죠?"

한 사람은 무슨 계측기를 연결하더니 청진기 같은 걸 갖다대고 한참을 살피다가 수치를 기록한 종이를 가지고 와서, '컴퓨터로 제어되는 엔진이 지금 자신이 해발 천 미터의 산에 올라와 있는 것으로 착각하고 있다'고 말하는 것이었다. 그러고는 내게 무슨 특수액을 넣으면 엔진의 수명이 연장되고 연비가 올라가며 엔진의 성능을 정상으로 돌릴 수 있다고 했다. 그런데 그 무슨 특수액의 값이 사람의 보약값과 거의 맞먹었다. 나는 나도 보약을 못 먹는 처지이니 같이 굶자고 나의 말을 설득했다.

그다음 사람은 볼 것도 없다는 듯 엔진 사이를 연결하는 전선과 플러그를 마구잡이로 뽑아내더니 새것으로 교체해주었다. 그러면서 그렇게 해야 차의 성능이 올바로 유지되고 연비가 높아지며 또, 뭐라더라? 하여간 좋다고 하는 것이었다. 그 값은 내가 각오한 것보다는 적어서 나는 그의 말대로 했다. 하긴 이미 교환을 했는데 다시 뽑아내라고 할 수도 없는 일이었다.

그다음 사람은 타이어와 제동장치의 중요성을 지적했다. 타이어의 크기에 따라 정숙성, 제동력, 연비가 달라지며 무엇보다 위험성이 줄어든다는 것이다. 몇 푼 아끼자고 타이어 교환을 미뤘다가 영원히 돌아올 수 없는 길을 간 사람의 숫자를 헤아릴 수 없다는 것이었다. 나는 그의 말을 듣지 않을 수 없었다.

정비업소 사람들은 내 말만 보면 연신 '아이고, 귀여운 것' 하며 입이 찢어질 듯 좋아했다. 내 말이 그들에게는 돼지저금통으로 보이는 모양이었다.

그런데 이번 여름에 정비업소들이 모여 있는 이면도로에서 일어난 고장은 돌연하고도 이해할 수 없는 종류의 일이었다. 달리던 차의 시동이 꺼지더니 다시는 움직이지 않았다. 나는 차에서 내려서 낯이 익은 정비업소에 지원을 요청했다.

점화 계통은 이상이 없었다. 전기 계통 역시 이상이 없었다. 제동 장치, 주행장치, 센서 모두 이상이 없었다. 각 정비업소에서 나온 대표들은 처음에는 자신만만하게 덤벼들었다가 모두 고개를 저었다. 나중에는 그들이 모두 모여 회의를 했다. 다 함께 내 차의 부품을 조사하고 점검하고 확인했다. 결론은 같았다. 차의 수명이 다한 게 아니라면 자신들로서는 알 수 없는 고장이라는 것이었다. 먹통이 된 차를 빼고는 모두 한숨을 쉬었다.

길가에 나란히 앉아 각자 생각에 잠겨 있던 우리 앞으로 기름통을 실은 오토바이가 푸른 연기를 뿜으며 지나갔다. 한 정비업소 대표가 오토바이를 타고 가는 청년을 불렀다. 청년은 가까운 중국음식점에서 있다가 주유소 아르바이트로 옮겨가서 낯이 익은 사이였다.

"야, 야, 야! 무슨 놈의 오토바이가 고물 트럭보다 더 연기를 많이 내고 다니는 거야. 좀 고쳐서 타!"

청년은 씩 웃으면서 오토바이를 멈추었다.

"이래도 얼마나 잘 가는데요."

"갖다 버려, 공해 일으키지 말고."

"그런데 왜 그렇게 모여 계세요?"

청년 눈에도 평소에 치열한 경쟁관계에 있는 정비업소 사장들이 참새처럼 나란히 앉아 있는 게 이상해 보였던 모양이다. 내가 말했다.

"내 차가 고장이 났는데 아무도 못 고친답니다. 정비라면 다 날고 긴다는 분들인데."

"무슨 찬데요?"

"이 차. 링컨롤스익스플로러벤츠엑셀마하바라타살바타 89년식."

청년은 차를 들여다보더니 고개를 끄덕끄덕했다.

"아저씨, 가짜 휘발유를 썼네."

그 말을 들은 정비업소 사장들은 약속이나 한 듯 엉덩이를 털고 일어나서 각자의 가게로 들어가버렸다. 모두 한마디 말도 없이. 나는 주유소 쪽을 향해 서서 주먹을 부르르 떨었다.

"우리집은 아녜요. 요번에 왕창 잡혀갔어요."

청년이 나를 위로해주었다.

폭력에 관하여

나는 행운아다. 이제까지 누구에게도 맞지 않았다. 나는 행운아다. 이 폭력이 난무하는 나라에서 한 대도 맞지 않고 살아왔다니. 아니, 한 번은 맞은 적이 있다. 그러니까 행운아다. 한 번밖에 맞지 않았다. 가정 폭력, 교내 폭력, 학교 주변 폭력, 언어 폭력, 조직 폭력, 동네 폭력, 주취 폭력, 집단 폭력, 제도적 폭력 등등 갖가지 폭력이 판을 치는 나라에서 단 한 번밖에 맞지 않은 나는 행운아다.

중학교 때였다. 나는 시골에서 서울로, 서울의 변두리, 사람이 지독히 많이 살고 그 사람 수에 곱하기 2를 하면 대략 수가 나오는 주먹이 설치는 주먹 나라로 전학을 왔다. 전학 오기 전의 나라, 그러니까 요즘 말로 초등학교로 고친 국민학교 시절 내가 살던 곳은 양과 사자가 평화롭게 공존하는 나라였다. 그 나라에서는 폭력을 쓰면 벼락에 맞아 죽는다는 법이 있었다. 먹고살기 위해 폭력을 쓴다는 말은 아예 없었다. 먹고살기 힘들면 굶어 죽으면 되지. 그 좋은, 법과 평화의 나라에서 주먹이 판치는 나라로 이사를 온 건 내 뜻이 아니었다. 신의 뜻도 아니었을 것이다. 나를 시험에 들게 하기 위해 일부러 주먹 나라로 전학을 보냈다고 믿을 수는 없다.

어쨌든 나는 주먹 나라의 중학교로 전학 온 지 며칠 안 되어 심부름을 하게 되었다. 내게 심부름을 시킨 아이는 나보다 서너 살은 많고 학년은 같고 주먹과 칼로 일대의 초등학교, 중학교, 고등학교, 재수 학원, 전문학교, 전수학교에까지 골고루 명성을 떨치고 있던 깡패였다. 그런 훌륭한 깡패가 왜 시골에서 막 전학 온 핏기 없고 어리숙한 나한테 '매점 가서 빵과 사이다를 사오너라'는 심부름을 시켰는지는 모르겠다. 그건 하느님이 아시겠지. 다른 아이라면 '아아, 드디어 내게도 기회가 왔구나. 영광스럽게도 나한테 심부름을 시키시다니, 이 목숨 바쳐 빵을 사와야지' 하면서 두 주먹을 꼭 쥐고 뛰어가련만 나는 그럴 생각이 없었다. 왜냐고? 나는 물정을 몰랐다. 나는 양과 사자의 나라에서 왔다. 나는 바보였다. 그래서 그 심부름을 거부했다.

"싫다."

그 아이의 표정을 아직 잊지 못한다. 무안한 듯한, 어이가 없는 듯한, 귀찮은 듯한, 이해할 수 없다는 듯한 그 표정은 군대 가서 걸핏하면 몽둥이부터 들고 보는 내무반장한테서도 나타났고 시위대가 시가지를 휩쓸던 어느 때 강경 진압 담화를 발표하는 대통령의 얼굴에서도 보았다. '네가 군인이야?' '네가 학생이야?' '너는 뭐하는 놈이야?' '네가 인간이야?'라는 말을 하기 직전에 나타나는 그 표정. 폭력 직전의 표정.

물론 나는 맞았다. 변소 뒤로 끌려가서 나보다 작고 나보다 힘없고 나보다 먼저 전학 온 아이들에게 조롱을 받아가면서 맞았다. 맞아 죽으면서까지 절대로 잘못했다는 말은 하지 않는 아이들도 있잖은가. 무릎 꿇고 살기보다는 서서 죽기 원한다는 어른들도 있잖은가. 나는 바로 그렇게 하염없이 버티어서 시원하게 맞았다. 그다음부터 나는 절대로 맞지 않겠다고 결심했고 실천에 옮겼다. 나는 행운아다. 결심을 실천에 옮기고도 무사할 수 있었다. 이 폭력의 왕국에서.

어떻게? 가령, 고등학교 1학년 시절 교실 앞뒷문을 잠가놓고 역도부 3학년 선배들이 단체로 '빠따'를 치겠다고 할 때는 어떻게 하느냐. 가령, 몽둥이질로 전설적인 명성이 있는 국어 선생이 송강 정철의 「관동별곡」을 한 시간 안에 외우라는 숙제를 주고 정확히 한 시간 후에 와서 못 외운 사람을 몽둥이질할 때는? 학교 뒷담길을 지나가다가 이웃 야간 고등학교 깡패들이 버스표를 달라고, 라면 사먹을 돈을 달라고 포크를 들이댈 때는 어떻게 하느냐? 대응 방법은 있다. 하나뿐이다. 단 하나뿐.

토끼는 것이다. 창문을 열고 뛰어내려라. 창문이 안 열리면 깨고 뛰어라. 가방이 무거우면 버리고 뛰어라. 다리가 부러지면 어떠냐, 창문이 깨지면 어떠냐. 치료비가, 창문값이, 가방값이 들면 또 어떠냐. 폭력에 당하는 것보다는 백배 낫다. 훨씬 싸다. 폭력은 그것을 휘두르는 사람은 쉽게 잊을 수 있을지 모르지만 당하는 사람은 평생두고두고 그 순간의 끔찍함에 몸서리치게 된다. 무엇보다도 폭력은 폭력을 낳기 때문에 나쁘다. 토끼면 된다. 서로에게 이익이다.

주먹 나라 중학교로 내가 처음 전학을 왔을 때 나는 100미터를 20초에 뛰는 느림보였다. 처음으로 맞고 나서 100미터를 뛰어보니 약 2초가 향상됐다. 졸업할 무렵 다시 2초가 단축됐다. 고등학교 1학년 시절 나는 100미터를 13초에 뛰는 준족駿足을 자랑했고 1년이 지나기도 전에 11초대에 진입했다. 그때 국가대표급으로 각광받던 축구선수가 유일하게 나보다 빠른 발을 가졌는데 졸업할 무렵 나는 그 선수를 추월할 수 있었다. 자신과 비슷하게 발이 빠른 보통 학생이 있다는 걸 안 그 녀석이 어느 날 주먹을 쳐들고 나를 따라왔기 때문에 나는 순식간에 10초대에 진입했던 것이다.

마침내 나는 국가대표 달리기 선수가 되었고 태극 마크를 달고 각국의 내로라하는 토끼들과 각축전을 벌여 국위를 선양할 수 있게 되었다. 여러분이 혹시 교내든 교외든 학원 근처든 집안이든 밖이든 폭력을 당하게 될 위기에 처하면 나를 기억해주기 바란다. 관중의 뜨거운 환호와 탄성 속에서 토끼고 또 토끼는 나를. 여러분도 할 수 있다.

성탄목

십여 년 전쯤인가, 더 됐나, 덜 됐나. 몇 해 전인지는 확실히 기억하지 못하지만 날짜는 기억한다. 12월 24일. 나는 무엇 때문인지 모르지만 제주도에 있었다(하긴 지금도 무엇 때문에 여기 있는지 모르겠다). 혼자였고 전날 마신 술로 머리가 멍한 상태였다. 그 전날 어느 술집(술집 이름이 낮이나 밤이나였던가?)에서 나와 만취 상태로 근처 여인숙에 들어가 잠이 들었다. 다음날이 12월 24일이었고 아침부터 나는 우울했다. 배가 고팠지만 뭘 먹으면 토할 것처럼 속이 울렁거려서 그 핑계로 먹지 않았다. 실은 먹지 못했다, 돈이 없어서. 마침내 내 인생에서 갈 수 있는 막다른 골목 가운데 하나에 도달한 것 같았다.

나는 동전 하나까지 탈탈 털어 제주의 특산품 귤을 하나 샀고 지나가는 아무 버스에나 올라탔다. 버스비를 내지 않아도 아무도 신경 쓰지 않았다. 가다보니 한라산이 나왔다(하긴 제주도 어디를 가든 한라산이 나오게 되어 있다). 어리목 산장이라는 곳에 이르러 버스에서 내렸다. 기념품을 파는 곳, 식당, 산악 구조대원 숙소, 매표소만 보였을 뿐, 그 속에 있는 사람들이 기다리는 나 같은 얼간이는 나밖에 없었다. 나는 주머니 속의 귤을 만지작거리면서 이리 기웃 저리 기웃, 기웃기웃 걸어다녔다. 일없는 거위처럼. 그래서 몇 가지 정보를 알게 되었는데 겨울철에는 그쪽 등산로가 폐쇄된다는 것, 그런데도 매표소에서는 표를 팔고 있다는 것, 따라서 그 표는 아무도 사지 않는다는 것 등등. 하긴 나는 그때까지 한 번도 돈을 주고 표를 사서 산에 들어가본 적이 없었다. 무슨 수를 쓰든 악착같이 개구멍으로 산으로 들어가곤 했다. 지리산 국립공원, 설악산 국립공원이 나한테 수없이 당했다. 그러니까 내겐 표를 살 생각이 전혀 없었고 표 살 돈도 없었다. 나는 매표소를 우회해 계곡으로 들어갔고, 나처럼 국립공원 관리공단 사람들을 우습게 아는 사람들이 미리 뚫어놓은 개구멍을 통해 한라산에 입산했다. 산은 조용했다. 겨울과 한라산은 서로 엉겨붙은 채 침묵에 잠겨 있었다.

등산로 폐쇄, 입산 금지 팻말이 이마 위에서, 길 가운데서, 새끼줄 위에서 계속 나타났다. 나는 멈추지 않고 전진했다. 그저 허무 조금, 땀 조금, 모험 조금을 맛보려고 한 것뿐이다. 그리고 담배나 한 모금 우아하게 피우면 그만이었다. 팻말 같은 건 나처럼 사소한 것을 추구하는 사람과는 상관이 없었다(뭐랄까, 교도소 담장에 오줌을 누는 처지?). 무거운 겨울외투에 구두 차림이니 누가 봐도 등산객이라고는 생각하지 않을 것이었다. 나는 조금 가고 조금 쉬고 하면서 200미터쯤 가서 바위 위에 앉았다. 담배를 꺼내 불을 붙였다. 그런데 연기 한 모금을 마시나 마나 했는데 밑에서 어렴풋이 호루라기 소리가 들렸다. 그러더니 나뭇가지 사이로 붉은 모자들이 언뜻언뜻 보였다. 이른바 산악 구조대원, 또는 통제소 대원, 또는 경찰, 또는 나처럼 개구멍을 통해 공짜로 등산을 하려는 사람을 잡는 특공대 겸 결사대원일 것이었다. 나는 놀라서 담뱃불을 껐고 위로 도망쳤다. 붉은 모자를 쓴 사람이 누구든 내가 유리할 건 없었기 때문이었다. 붉은 모자들은 계속 따라왔다. 이따금 호각을 불면서. 나는 계속 위로 올라가야 했다. 길은 외줄기였다.

1300미터 팻말을 쏜살같이 통과했다. 1350미터 팻말은 헐떡거리면서 통과했다. 1400미터 팻말은 깔딱거리면서 지나갔다. 붉은 모자들은 굉장히 빨랐다. 나는 붉은 모자들보다 더 빨라야 했다. 1500미터 능선쯤에 오니 만세동산이라고 씌어 있었다. 나는 차라리 만세 부르는 시늉을 하며 항복하고 그들의 품에 안길까 생각도 해봤다. 하지만 나를 쫓아오면서 그 사람들도 어지간히 약이 올랐을 것이고 최소한 국립공원 입장료는 물어야 할 것 같은데 돈은 없지, 있다 해도 아깝지, 땀에 젖은 몸이 떨려오기 시작하지 하여 나는 뛰고 또 뛰었다.

1700미터 고지쯤 오니 대피소라는 팻말이 나타났다. 나는 대피소로 대피했다. 대피소 앞에는 울긋불긋한 등산복 차림의 대학생들이 좌로 굴러, 우로 굴러를 하면서 등반 훈련을 하고 있었다. 어느 대학의 산악반 소속인데 더이상 위로 올라가는 것은 위험하므로 훈련으로 대체하는 것이라고 했다. 나는 그들 사이에 슬그머니 끼어 일행이라도 되는 양 팔짱을 끼고 먼산을 바라보고 있었다. 붉은 모자들이 도착했다. 그들은 대피소 관리인과 몇 마디 말을 나누면서 사방을 살폈다. 그들의 시선이 내게 머물렀다 떨어지기를 몇 번, 나는 산악반의 일원인 척, 대피소 사람인 척 위장을 했다. 그들이 고개를 갸웃거리는 사이 나는 건물 뒤로 돌아갔다. 아무래도 안 되겠다는 생각이 들었다. 거기서 위냐, 아래냐를 결정했다. 나는 구둣발을 들고 힘차게 뛰기 시작했다.

100미터쯤 전속력으로 달려 숲속으로 뛰어들었다. 다시 호각 소리가 들려오기 시작했다. "거기 서!" "서지 못해!" 이런 말도 들려온 것 같았다. 나는 산악반도 못 간다는 길을 울며 겨자 먹기로 바람처럼 멧돼지처럼 달려갔다. 이윽고 정상으로 가는 철사다리가 나타났다. 예상대로 거기에는 "절대 출입 금지" "등산로 완전 폐쇄"라는 엄중한 경고문이 고드름과 함께 달려 있었다. 나는 망설임 없이 사다리에 달라붙었다. 서너 칸도 올라가기 전에 매서운 바람이 사다리와 내 몸을 후려쳤고 손바닥이 쇠사다리에 쩍쩍 달라붙었다. 나는 필사적으로 오르고 또 올랐다. 죽을 뻔도 했고 살 뻔도 했다. 붉은 모자들은 사다리 밑에서 뭐라고 소리를 치다가 도저히 따라올 수 없다고 판단했는지 머리를 흔들며 숲 사이로 사라졌다. 문득 정상이 나타났다.

민족의 영산 한라산, 1950미터 정상에 나는 홀로 우뚝 섰다. 그 순간은 에베레스트를 올랐다는 힐러리 경도 부럽지 않았다. 무산소, 무장비, 무등산로, 무계획 등정이었다. 기쁨을 만끽하며 미루고 미루었던 담배를 한 대 피웠다. 담배를 다 피우고 나니 갑자기 할 일이 없었다. 그래서 한 대 더, 또 한 대 더. 기차 화통처럼 무럭무럭 연기를 뿜어봤다. 그래도 할 일이 생각나지 않았다. 제 맘대로 올라오기는 했지만 내려갈 수는 없는 이상한 곳에 나는 서 있는 셈이었다. 몰랐던가, 정상이란 원래 그렇다. 무릇, 정상은 그러한 속성이 있다.

"아저씨, 도대체 여기서 뭐해요?"

빨간 모자들이 나타난 것은 구원과도 같았다. 그들은 햇볕이 비치는 남벽으로 우회해서 돌아왔다고 했다. 나는 그들을 따라 내려왔다. 그들은 예상대로 산악 구조대원 겸 전투경찰이었다.

"여기까지 올라오게 해서 미안합니다."

괜찮다고 그들은 말했다. 웬 사람이 죽기라도 할 것 같은 표정으로 입산했다는 신고에 출동을 하긴 했는데, 신고자가 착각을 한 것이라고 했다. 마침 내가 있어줘서 고맙다는 것이었다. 조난자를 구조하면 휴가를 갈 수 있다고 그들은 좋아했다.

만세동산에서 나는 만세를 부르는 나무들을 보았다. 바람에 실려 나뭇가지에 쌓인 눈들이 동그랗게 얼어붙고 있었다. 살짝 건드렸더니 저물어가는 햇빛에 은가루 같은 눈이 떨어졌다. 여기도 나무, 저기도 나무, 나무, 나무, 나무, 나무. 나무들은 크리스마스트리의 군단처럼 보였다. 그곳은 성탄목의 숲이었다.

내가 어렸을 때 크리스마스트리는 키가 컸다네
우리가 사랑을 했을 때 다른 아이들은 마냥 놀고 있었지
내게 묻지 마오 왜 그 시간이 지나가버렸는지
다른 사람들이 왜 멀리 떠나가버렸는지도

그 노래를 목이 터져라 불렀다. 그날 밤 산악 구조대원 숙소에서 같이 소주를 마시고 줄 끊어진 기타를 치며. 그게 그해의 크리스마스이브였다. 20년 전, 아니 더 됐나, 덜 됐나. 날짜는 기억한다. 12월 24일.

변기

어느 공원이더라? 서울 시내에 노인들이 많이 드나드는 공원이 있습니다. 그 옆에 오래된 기원이 하나 있었습니다. 손님도 노인이고 주인도 노인이고 아르바이트하는 사람도 노인이었습니다. 건물도 꽤 오래됐을걸요, 아마. 건물 주인도 노인일 게 틀림없었지요. 주변의 길쭉길쭉하고 널찍한 빌딩 사이에 조그맣고 낡았지만 야무지게 버티고 있는 건물을 보면 세상이 다 변해도 끝까지 자신을 지키려는 노인의 옹고집이 생각나거든요. 하여간 그 기원은 다른 기원에 비해 이용료가 반밖에 되지 않았습니다. 그 기원 옆에는 낡았지만 부지런한 노인의 손길이 자주 닿는 듯 깨끗한 화장실이 있었는데요. 그 안에 들어갔더니 남자용 소변기 위, 벽에 붙은 종이에 두 가지 말

이 적혀 있었습니다. 공들여 기품 있게 썼지만 조금 떨리는 듯한 것
이 어느 노인이 쓴 듯했습니다.

"한 걸음 더 앞으로."

"쉬야 후 물을 꼭 내리셔요."

외로운 사냥꾼

　내 직업은 알다시피 작가다. 작가라는 직업은 회사원이나 농부처럼 남들에게 명확히 말해줄 것이 못 된다는 게 내 생각이다. 특히 "직업이 뭐요?"라고 심문하듯이 묻는 상대에게는. 작가가 첩보원처럼 비밀스럽다거나 대통령이나 연봉 100억을 받는 프로야구 선수처럼 놀라운 직업도 아니지만 당사자의 입으로 발음하기에는 어쩐지 발음이 잘 되지 않는 특성이 있는 것이다.

　하여간 나는 그런 질문을 받았다. '여권 발급'이라는 팻말이 붙어 있는 책상 앞에 앉은 늙수그레한 담당자에게. '시정市政을 시민의 편의 위주로 서비스 차원에서 실시한다'는 구호가 농담만은 아니었던 모양으로, 서부영화에 나오는 바처럼 생긴 긴 나무탁자가 민원인과 담당공무원 사이에 설치되어 있고 갖가지 서류를 토해내는 프린터, 임립林立한 컴퓨터, 청결하고 쾌적한 분위기가 나같이 일 년에 한두 번 시청에 올까 말까 한 사람들로 하여금 혹시 장소를 잘못 찾아온 게 아닌가 싶어 어리둥절하게 만들기에 충분했다. 다만 여권 발급 창구의 그 나이든 담당자만은 예외여서 어디선가 본 적이 있는 것 같아 내가 번지수를 잘못 찾은 건 아니구나 하고 안심하게 하는, 그렇지, 내가 예전에 까까머리였을 때 주민등록증을 발급받으러 처음으로 동사무소에 갔을 때의 그 공무원을 닮아 있었다.

나는 여권 발급 업무를 담당하는 그 공무원의 질문, "직업이 뭐냐니까요?" 하는 질문에 "글써서 먹고삽니다"라고, 애초부터 직업란을 채우지도 못할 정도로 제 직업을 말하기를 꺼리는 사람답게 조그만 소리로 대답했다. 그런 내 말이 잘 안 들렸던 모양으로 그는 "뭐라고?" 하고 어깨를 세우며 반말로 묻는 것이었다. 나는 주민등록증을 내러 갔다가 사진이 흐릿하다고 톡톡히 혼이 났던 그때 그 기억을 떠올리지 않을 수 없었다.

"대학썩이나 나온 사람이 왜 그렇게 어물어물해?"

그는 여권 발급 신청서의 최종 학력란을 예리하고 신속하게 참고하여 우물쭈물하는 내 태도를 나무랐다. 그래서 나는 '농업'이라고 내 직업을 정정해서 말했다. 조그만 텃밭에 파와 고추를 심고 조금씩 수확해 먹는 것은 사실이었고 작가나 농부나 간에 '짓는다'는 점에서는 공통점이 있었으니까.

"왜 왔다갔다해? 자기 직업도 몰라요?"

"죄송합니다. 농업으로 써주십시오."

그는 나를 쓰윽 한번 훑어보고는 자를 꺼내 내 직업란을 대각선으로 반듯하게 줄 쳐버렸다. 그 옆에 있는 직위며 직장 전화번호, 기타 등등도 함께. 그래서 나는 졸지에 무직자가 되고 말았다. 그거야 어떻든 나는 참았다.

"글씨가 왜 이 모양이야. 이건 한번 제출하면 컴퓨터로 처리하는 공문서란 말이야."

그러면서 그는 내가 다른 약속 때문에 바쁘게 쓰느라 날아다니다시피 쓴 글자를 한 자씩 꼼꼼히 살펴 쓰러진 건 일으키고 칸을 벗어난 건 칼로 긁어내는 등의 무료서비스를 베풀어주었다. 그래서 나는 그의 혹평을 또 한번 간신히 참고 견뎌냈다. 당분간은 별로 쓸 일도 없는 여권을, 남들이 낸다고 덩달아, 약속을 앞두고 자투리 시간을 쪼개 온 것이 잘못은 잘못이었으니. 그는 느릿느릿하게, 또 하나도 빠짐없이 자신이 하고 싶은 대로 일을 하면서 내가 다시는 이따위 일로 오면 강아지 친구다, 라고 뼛속까지 후회할 만한 충분한 시간을 준 다음 위엄 있게 다시 질문했다.

"이제, 어디로 갈 거요?"

"시내로 갈 건데요."

"아니, 이 양반이 바쁜 사람 앞에 놓고 자꾸 농담만 하네. 여권 만들면 어디로 갈 거냐고?"

그놈의 '양반'이라는 말에 주민등록증을 낸 이후 험한 세상 어디서고 양반 대접을 받아본 적이 거의 없는 나는 다시 꾹 참고 말았다.

"그냥 내두려고요."

"그냥?"

그는 한심하다는 듯이 고개를 젓더니 친절하게도 자기 손으로 여행지란을 채워주었다. 그가 대학을 나온 무직자이며 글씨는 엉망인데다 어리숙하기까지 한 나 같은 인간이 가기에 적당하다고 골라준 국가는 태국이었다. 목적은? 관광.

그는 또 슬로비디오를 보는 듯한 동작으로 내 사진을 오려 풀로 붙인 다음, 서랍에서 어느 은행의 무통장 입금증을 꺼내 한 자 한 자 꾹꾹 눌러서 여권 발급 대금을 적었다. 나는 어금니를 꽉꽉 깨물면서 참고 기다렸다.

"이거 입금하고 와요. 어디 있는지 알고 있지?"

내가 슈퍼맨처럼 빠르게 입금을 한 다음 거의 일 분 만에 제자리로 돌아오자 그는 조금 놀란 듯했다.

"다 됐지요?"

내가 묻자 그는 어쩐지 서운한 느낌이 묻어나는 표정으로 고개를 끄덕였다.

167

"언제 나오나요?"

"한 일주일? 그전에 전화를 하고 오라고."

내가 번개처럼 창구에서 돌아서서 회오리처럼 빠른 동작으로 거의 입구까지 갔을 때 그의 목소리가 들려왔다.

"전화번호 알아요? 꼭 전화를 해서 확인한 뒤에 찾으러 와야 해. 삼구사에……"

그 목소리가 어째서 내게는 애처롭게 느껴졌을까. 돌아보니 그는 자리에서 일어나서 길게 비쳐드는 늦은 오후의 햇살을 받으며 쓸쓸한 눈으로 나를 바라보고 있었다. 그때 나는 비로소 그가 외로워하고 있다는 것을 알았다. 그 역시 나처럼 외로운 인간이었던 것이다.

중간에 적당히 화를 내주었어야 했는데. 참을성 많은 것을 자랑으로 아는 이 못된 직업, 요 못된 성질. 그러나 나는 그에게 다시 돌아가 전화번호를 물어보지는 않았다. 어차피 당분간은 여권을 쓸 일이 없을 테니까, 그러니 찾으러 올 일도 없을 것이고.

누구를 믿을까

　나는 요즘 치과에 다니고 있다. 참, 나는 우리 나이로 마흔두 살이고 수도권 신도시 38평 아파트에 거주하고 있으며 아이가 둘, 주량은 생맥주로 3천 시시 정도, 요즘 뚱뚱해진 것 같다. 얼굴이 커 보인다는 이야기를 들을 때마다 신경이 좀 곤두서는 남자다.

　미리 말해두는데 나는 절대 이 글을 쓰고 있는 성아무개와 동일인이 아니다. 동일인이면 어떻고 아니면 어떠냐, 그따위에 신경쓰는 사람은 아무도 없다고 누가 말한다면 나는 그 사람에게 다시 한번 똑똑히 말해줄 작정이다. 나는 소설 쓰는 성아무개와 절대로 같은 사람이 아니라고, 같은 종류의 인간도 아니고 비슷한 사고와 가치관을 가지고 있지도 않다고, 비슷하다는 말을 듣는 것부터가 기분 나쁘다고. 이런 건 중요하지 않으니 그만두자.

중요한 것은, 처음으로 돌아가 중요한 문제의 출발점으로 가자면, 나는 치과에 다니고 있었다. 지금도 다니고 있다. 오른쪽 아래 어금니 때문이다. 치과에서 하는 말로는 그게 7번이란다. 하여튼 이 치과는 올여름에 의사가, 그네들 말로는 원장선생님이 바뀌었다. 원장도 바뀌고 간호사도 바뀌고 인테리어도, 간판도 바뀌었다. 전前 원장은 삼십대 후반의 잘생긴 남자였는데 하고 싶었던 공부인가를 한다고 그만두었다. 그 의사는 이 아파트 단지 내에서 썩 평판이 괜찮았다. 내가 이 아파트 단지에서 평판을 들을 만한 사람이란 우리 식구뿐이니 우리 식구들 사이에서 평판이 괜찮았다는 말이다.

우리 식구 중에서 그 의사가 치과를 운영하는 동안 그 치과에 안 가본 사람은 하나도 없다. 일흔이 넘은 어머니는 예전에 떠돌이 치과기공사에게, 어머니 표현대로라면 '야미'—이 말은 일본말이고 우리말로는 뒷거래, 밀거래라고 하는 모양이지만 어머니는 이런 경우 꼭 '야미'라고 해야 속이 시원한 양반이시다—로 치료받은 이가 성치 못하여 치과에 여러 번 갔다. 그런데 그 과정에서 이태 전에 인근의 정식 의사에게 치료를 받은 다른 이 또한 성치 못하다는 것이 밝혀졌다. 그러자 잘생긴 이 의사가—어머니는 이 의사에게 잘생겼다는 표현을 써야 직성이 풀리는 듯하다—그전에 치료받은 의사에게 연락해서—두 사람이 학교 선후배였다던가—치료 과정을 물었고 그 선배의 치료를 보정하는 의미에서 공짜로 그 이를 치료해주었다고 한다. 두 사람이 졸업한 학교가 훌륭하다고 하지 않을 수 없겠다.

그러다가 나도 우리 아이들의 이를 치료하기 위해 그 치과에 가보게 되었다. 잘생기기도 했고 마음씨도 괜찮다는 그 의사는 과묵하기까지 했다. 나는 어느 여성인지, 그의 부인이 된 여성은 한눈에 이 미남 치과의에게 넘어가버리고 말았겠다고 직감했다. 그래서 이 미남은 연애를 많이 해보지 못했을 거라고 판단해버리고 말았다. 나는 왜 이런 쓸데없는 일에 신경을 쓰는지 내가 생각해도 문제다. 이런 쓸데없는 일은 소설 쓰는 성아무개가 좋아해 마지않는 것으로서 소위 '문제를 위한 문제'의 범주에 해당되는 문제에 불과하다. 여하튼 그 의사는 내 눈에도 약간 괜찮아 보였다.

마지막으로 아내가 아이들을 데리고 그 치과에 가본즉 잘생긴 이 의사가—아내도 시어머니에게 물이 들어 '잘생긴, 잘생긴' 해대고 있다—아이들 이를 보는 김에 아내의 이도 예방 차원에서 봐주었다는 것이다! 나는 그 말을 듣고 약간 흥분했다. '의사라면 고객이 병이 들 때를 기다리되 절대 완치를 해주지 말고 조금씩 앓게 하면서 병원 문턱을 제집 문턱 넘나들듯하게 해야지, 예방은 무슨 얼어죽을 놈의 예방. 그 친구 개업 의사로 대성하기는 글렀구만.' 이런 요지의 논평을 덧붙였던 기억이 난다. 자, 그런데 이 의사가 젊은, 내가 보기에 삼십대 초반의 아리따운 여성으로 바뀐 것이다. 바뀐 의사는 그

전 의사와 여러 면에서 대조적이다.

일단 전임 원장보다 말수가 많다. 내 이를 드릴로 갈아내는 도중에도 간호사와 상가 일층의 분식집 사장님 머리카락 숫자를 이야기할 정도니까. 곧 배달될 돌솥비빔밥에 지난번 중국집 볶음밥처럼 머리카락이 들어가 있으면 곤란한데 분식집 아저씨는 머리카락이 셀 수 있을 정도여서 그릇 안에 머리카락은 빠뜨리지 않을 것이라나. 그런데 내 어금니에 무슨 문제가 생겨도 큰 문제가 생겼다는 게 문제다.

치과에서 의자에 드러누워 의사의 처분을 기다리는 사람처럼 무력한 경우가 있을까. 이럴 때 의사를 다른 이름으로 부르라면 나는 신이라고 부르겠다. 여의사는 물론 여신이겠다. 그런데 여신께서는 내 이를 들여다보더니 벌레 먹은 이의 옆에 있는 이까지 벌레가 먹은 것 같다고 했다. 그 이는 지난번의 잘생긴 의사, 아니 잘생긴 신에게 거금 15만 원인가를 바치고 치료 후 금으로 덮은 이였다. 7번이 썩으면서 7번과 맞닿는 부분도 썩은 것 같다고 하더니, 절대 '썩었다'가 아니라 '썩은 것 같다'고 했다, 느닷없이 마취주사를 놓고 그 부분을 긁어내기 시작했다. 여신은 치료를 마친 뒤에야 옆의 이도 충치가 생겨서 이를 씌운 금과 기타 등등의 성분이 함유된 보철물을 들어냈으며 다시 그 위를 씌워야 한다는 것이었다. 이윽고 간호사가 와서 그 이를 다시 덮는 데 15만 원 정도의 비용이 들 것이라고 했다. 7번은 따로 23만 원인가 책정되어 있었으니 갑자기 예상치 않았던 돈이 들게 된 셈이었다. 나는 그전에 내 이를 씌우고 있던, 잘생긴 신인지 의사인지가 치료해주었던 그 금속은 어디로 갔느냐, 그걸 다시 쓸 수는 없느냐고 했더니, 간호사는 고개를 저었다. 나는 차마 혹시 성한 이를, 썩었을지도 모른다는 혐의만 가지고 드릴로 파헤쳤더니 괜찮았던 건 아니었냐고 묻지는 못했다. 그게 지금 원통하다. 약한 자여, 너의 이름은 환자니라!

정리를 하자면 이렇다. 나는 치과에 다니고 있다. 그런데 치과의사가 내게 내 이에 관한 정확한 정보를 주지 않고 일방적인 판단으로 성한 이일지도 모르는 이를 치료하고, 아니 이 경우에는 치료가 아니라 망가뜨린 것이겠다, 그 이를 다시 원래대로 해놓는 비용을 내게 전가한 것이라고 의심하고 있다. 의심만 할 뿐 물어보지 못했다. 물어보아도 전문가들은 자세하게 설명해주지 않는다는 것을 경험으로 알고 있기 때문이다. 어느 방면의 전문가, 권위자도 그렇게 해주는 것을 보지 못했다. 전문성이 높을수록, '길드'가 오래되었을수록 설명은 없다. 질문을 싫어한다.

의사? 교통사고로 입원한 적이 있지만 한 번도 만족할 만한 설명을 들어본 적이 없다. 변호사? 교통사고 때문에 변호사를 쓸 일이 있었지만 너무 대하기가 어려워서 브로커를 찾았다. 아니 브로커가 찾아왔다. 그 교통사고에 '사' 자 들어가는 사람 중에서 내게 제일 큰

보탬을 준 사람은 병원에서 집까지 나를 태워다준 택시 운전기'사'이다. 무수한 박사? 다행인지 불행인지 그들에게 물어볼 게 별로 없었다.

약간만 과장을 해보자. 세상에는 무수한 전문가가 있다. 고장난 차를 맡기면 정비사가 신이 된다. 국정을 맡기면 정치가가 신이다. 치안은 경찰이, 행정은 공무원이 신이다. 가능하면 그런 신과 접촉을 안 하고 살면 좋은데, 그럴 수가 없다. 앞으로도 육해공이라는 생활공간에서, 이승에서 무슨 일 때문에라도 치과병원의 의자에서처럼 무력하게 드러누워 전문가, 권위자, 권한의 위임을 받은 사람의 처분에 맡기게 될 가능성은 백분의 백, 확률 백 퍼센트이다.

대책1   그저 믿는 수밖에 없다. 그게 마음이 편하다. 억울한 일
            이 생겨도 모르는 게 약이다. 알기 싫은데 알게 된다면,
            빨리 깨끗이 잊어버리는 게 좋다.

대책2   따지고 추궁하고 밝혀낸다. 적극적으로 손해배상과 위자
            료를 받아낸다. 상대를 패가망신시킨다는 자세로 끝까지
            해본다.

대책3   우리 민족의 수준을 믿는다. 4.19혁명과 광주 민주화 운
            동, 1987년 6월의 혁명, 월드컵 4강을 이루어낸 위대한
            이 민족이 언젠가는 사회 구석구석, 갖가지 분야에서 선

진화될 것이라고 믿고 참고 기다린다. 늙어 죽을 때까지, 가능하면 아프지도 말고 차를 고장내지도 말고 법을 어기지 않고 착하게 살면서.

대책 4   나도 어떤 분야의 권위자가 된다. 평소에는 조금 당해주다가 내 분야로 그들이 들어오면 눈물이 확 나도록 인생의 쓴맛을 보여준다.

   대책 1은 농경문화 속에서 오래도록 살아온 조상들의 전통을 이어간다는 점에서 그럴듯하고 대책 2는 실패할 위험성이 높고 대책 3은 소설 쓰는 성아무개식의 대책을 위한 대책에 불과한 것이니 웃어넘기자. 대책 4가 내 기질에 제일 맞는 것 같기도 한데……

   세상이 그렇거나 말거나 난 지금 마흔두 살, 신도시에서 살고 아이가 둘이며 시린 이를 앓으며 치과에 다니고 있다. 이름은 말할 수 없다.

휴가

국경을 맞대고 있는 두 나라가 있었다. 두 나라는 서로를 나라로 인정하지 않으려고 했다. 원래는 한 나라였기 때문이다. 늘 잡아먹지 못해 으르렁거렸다. 보다못해 다른 나라 사람들이 두 나라 사이에 보이지 않는 선을 그어주고 그 위에 붉은 벽돌집을 지어주었다. 집안에는 긴 탁자가 있었고 탁자 가운데로 보이지 않는 선이 지나고 있었다. 두 나라의 대표들은 그 선을 밟지 않으려고 조심하면서 탁자 양편에 앉아 이따금 회담을 가졌다.

'선 넘어오지 마.'

'넘어오면 죽일 거야.'

'너희나 잘해.'

그게 수십 년간 변함없는 회담의 주제였다. 그 집 안에서는 개미 한 마리도 그 선을 넘어가지 못했다. 사람들은 보이지 않는 선을 악착같이 지켰다.

두 나라의 아이들은 보이지 않는 선에 대해 배우자마자 그 선을 흉내내서 자기들끼리 선을 만들었다. 우리 학교로 오지 마. 우리집에 오지 마. 내 자리에 넘어 들어오지 마. 하다못해 두 사람이 함께 쓰는 책상에까지 칼로 깊숙이 줄을 긋고 그 줄을 넘어오는 것은 무엇이든 무자비하게 공격했다. 그렇게 배우고 익힌 아이들이 장차 보이지 않는 선을 지키는 군인이 되고 회담의 대표가 될 것이었다.

보이지 않는 선에 세워진 집 바로 뒤에는 두 나라의 깃발이 펄럭였다. 깃발은 아침해가 뜨면 깃대에 게양되었고 해가 저물면 내려졌다. 그때마다 두 나라의 장군과 병사들은 깃발을 향해 엄숙히 경의를 표했다. 어쩌다 장군끼리 눈이 마주치기도 했지만 인사 같은 건 하지 않았다. 각자의 나라를 향해 싹 돌아섰다. 그렇게 아무 일도 없는 세월이 흘러갔다. 수십 년 동안 변함이 없었다.

사람들의 몸은 탄력이 있고 움직이고 숨을 수 있으니 어쩌면 세월의 화살을 살살 피하고 견딜 수는 있겠다. 깃대는 딱딱하고 발이 없어 움직일 수 없고 숨을 생각을 할 수도 없으니 세월을 무한정 견딜 수가 없다. 어느 날 동쪽 나라의 깃대 끝에 달린 깃봉이 세월과 바람을 견디지 못하고 부러졌다. 동쪽 나라 병사 하나가 그 깃대를 타고 올라갔다. 그러고 나서 무엇에 홀렸는지 어떻게 일을 했는지는 몰라도 그전보다 약간 높게 새 깃봉을 달았다. 따라서 서쪽 나라 깃대보다 동쪽 나라 깃대가 조금 높아지게 되었다. 그리하여 다음날 아침 동쪽 나라의 푸른 깃발이 서쪽 나라의 흰 깃발보다 높아지는 사태가 발생했다.

서쪽 나라 장군은 다음날 제 나라 깃발을 향해 경례를 하다가 문득 동쪽 나라 깃발이 전날보다 아주 약간 높아진 것을 발견했다. 그는 원래 동기생 가운데서도 눈썰미 있고 지기 싫어하는 사람으로 소문이 나 있었다. 장군은 즉각 참모를 불러 대책을 강구하라고 명령했다. 참모는 생각 끝에 놀던 병사 하나를 깃대 위로 올려보냈다. 병사는 실수인 척 멀쩡한 깃봉을 부러뜨리고 내려왔고 또다른 병사가 잽싸게 목이 조금 긴 새 깃봉을 가지고 올라가서 달았다. 그는 무슨 생각을 했는지 동쪽 나라의 깃봉만큼만 높인 게 아니고 그것보다 약간 더 높게 깃봉을 달았다. 그래서 서쪽 나라의 깃발이 동쪽 나라의 깃발보다 아주 약간 높아지는 상황이 발생했다.

며칠 후 동쪽 나라의 장군이 서쪽 나라의 깃발을 향해 침을 뱉다가 문득 상대방 나라의 깃발 높이가 달라진 걸 알게 되었다. 그 장군은 동기생 가운데서 눈치 없고 막무가내인 성격으로 유명한 사람이었다. 그는 참모의 정강이뼈를 발로 차면서 대책을 강구하라고 호통을 쳤다. 참모는 양지바른 곳에 모여 담배를 피우던 병사들 가운데 제일 마른 병사를 골라 깃대 위로 올라가게 했다. 병사는 손바닥에 침을 탁탁 뱉으며 휘청거리는 깃대를 타고 올라갔다. 원래의 깃봉을 떼낸 다음 기다란 쇠꼬챙이를 연결하고 그 위에 깃봉을 달았다. 그 병사는 포상휴가를 갈 뻔했다. 그로부터 하루도 지나지 않아 그보다 조금 더 마르고 날렵한 서쪽 나라의 어느 병사가 자기 나라의 깃대를 기어올라가지 않았더라면. 그러나 서쪽 나라의 병사 역시 영웅 칭호를 받기 직전에 자신보다 더 마르고 사지가 기다란 동쪽 나라의 병사가 깃대를 기어올라가 자기 나라의 깃발보다 더 높이 제 나라 깃발을 다는 것을 보아야 했다.

그로부터 한 시간이 멀다 하고 병사들이 두 나라의 깃대를 오르내렸다. 깃대가 점점 높아지면서 금방이라도 부러질 듯 휘청거렸고 기어오르다 미끄러지고 떨어져 다치는 병사가 늘어났다.

기나긴 하루가 저물고 나서 장군들은 각자의 사령부로 보고를 올렸다. 보고서의 결론은 약속이나 한 듯 똑같았다. '보이지 않는 전쟁임. 총력 지원 요망.'

두 나라의 사령부에서 긴급회의가 열렸다. 장군들은 각자의 병사 중에서 나무를 가장 잘 타고 겁이 없는 병사를 선발해서 보이지 않는 선이 지나는 집으로 실어 보냈다. 벽돌집 주변은 원숭이를 닮고 빼빼 마른 병사들이 우글거렸다. 병사들은 몸무게를 줄이기 위해 굶으라는 명령을 받았다. 배고픔은 충성심과 애국심, '하면 된다'는 신넘으로 참아 넘겨야 했다. 깃대는 점점 높아졌다.

마침내 거미를 닮은 동쪽 나라의 병사 하나가 깃대를 높이던 작업을 하던 중에 떨어져 죽고 말았다. 다만 그는 죽기 전에 임무를 완수했다. 동쪽 깃대는 인간의 힘으로는 도저히 더이상 높일 수 없는 드높은 위치까지 솟아올랐던 것이다.

까마득한 동쪽 나라의 깃대를 쳐다보고 있던 서쪽 나라 사령부에서는 격렬한 논쟁이 벌어졌다. 어떤 장군은 밤에 동쪽 나라로 넘어들어가 깃대를 폭파해버리자는 의견을 내놓았다. 아니, 땅굴을 파고 들어가 자빠뜨리자는 의견도 있었다. 그렇지만 그건 보이지 않는 선을 넘어야 가능한 일인데 그 선을 넘는 건 협정 위반일 뿐만 아니라 군인으로서 수치스러운 일이었다. 어떤 장군은 원숭이를 들여와야 한다고 했다. 어떤 장군은 자기 동생이 동물원에 근무하고 있는데 깃대를 높이는 훈련을 받은 원숭이는 전 세계의 어느 동물원에도 없다고 단언했다. 어느 장군은 어차피 이길 수 없는 시합이니 우리 쪽 깃대를 없애버리자고 했다가 모두의 눈총을 받았다. 그가 다음 진급 심사에서 불이익을 받을 것은 뻔한 일이었다. 괴롭고 절망적인 시간이 일 초 일 초 흘러갔다. 공병대의 장성이 탁자를 치면서 일어나 기중기를 쓰거나 고가 사다리차를 동원하자고 했다. 육군 항공대에서는 헬리콥터를 동원할 수 있다고 외쳤다. 깃대 하나 높이자고 이런저런 장비를 동원한 게 알려지면 세계 만방에 웃음거리가 될 것이라고 참모총장은 고개를 저었다. 장군은 장군대로, 참모는 참모대로, 병사는 병사대로, 보이지 않는 전쟁의 기밀을 알게 된 장관과 대통령과 기타 등등의 애국자들은 그들 나름대로 머리를 쥐어짜고 쥐어짰다.

그래서 애초에 깃봉을 원래보다 높게 달아서 문제를 일으켰던 일등병이 휴가를 가게 된 것이다. 그가 제시한 방법은 다음과 같다.

1) 깃대의 아래쪽을 톱으로 자른다.

2) 깃대를 눕힌다.

3) 원하는 만큼 깃대를 길게 만든다.

4) 깃봉을 단다.

5) 깃대를 세워서 자른 부분에 연결한다.

6) 깃발을 올린다.

모든 사람이 입을 딱 벌렸다. 그리고 외쳤다.

"동쪽 나라 만세!"

그는 대통령 표창에 부상으로 포상휴가를 받아서 여름에서 겨울까지 신나게 놀다가 귀대했다. 돌아가보니 양쪽 깃대는 원래처럼 적당한 높이로 줄어들어 있었다.

말과 말귀

　말 많은 젊은이와 말귀 알아듣는 당나귀가 길을 떠났다. 젊은이가
말했다.

　"야, 아까 아버지가 뭐라셨는지 아니? 나도 장가갈 나이가 됐으니
밥값을 해야 한다는 거야. 그런데 아버지는 내가 경험이 없어서 걱
정이 된대. 그래서 이번 심부름에 너를 딸려 보낸다는 거야. 네가 오
랫동안 아버지를 따라다니면서 한 번도 아버지의 뜻을 어긴 적이
없다고 말이지. 그런데 아버지 말대로 네가 정말 사람 말을 알아듣
니?"

　말귀 알아듣는 당나귀는 젊은이를 돌아보았다. 눈을 끔뻑거리다
가 도리질을 했다.

"못 알아듣는 거지?"

당나귀는 천천히 고개를 끄덕였다. 말 많은 젊은이는 그럼 그렇지 하는 표정으로 의기양양하게 말했다.

"그러니까 이번 심부름에서는 내가 대장이란 말이야. 너는 내 쫄 따구니까 내 말을 들어야 해."

그러는 동안 젊은이와 당나귀는 두 갈래 길과 마주쳤다. 대장이 들에서 김매던 농부에게 길을 물었다. 두 길 모두 산너머로 가는 길 인데 하나는 산 가운데를 통과하는 험로이지만 지름길이고 또하나 는 산자락을 둘러가는 평탄한 길인데 오래 가야 한다고 했다. 젊은 대장이 늙은 쫄병에게 말했다.

"이 몸은 모험을 좋아하고 시간 걸리는 건 싫어해. 그러니까 산길 로 가야겠어. 네 생각은 어때? 아 참, 너는 사람 말을 못 알아듣는다 고 했지. 물어볼 것도 없네, 뭐."

젊은이는 당나귀를 끌고 산길로 들어섰다. 우거진 풀과 길 중간까 지 뻗어나온 나뭇가지를 헤치며 반나절 넘게 힘겹게 나아간 끝에 일 행은 푸른 하늘이 바라보이는 산마루에 도달했다. 젊은이는 숨을 할 딱이면서 말했다.

"아아, 내 생각대로 모험이 넘치는 길이야. 이렇게 더운데 비라도 오면 좀 좋아."

말 많은 젊은이의 말이 끝나기 무섭게 갑자기 비릿하고 후텁지근한 바람이 불어오더니 하늘에 시커먼 구름이 몰려들었다. 당나귀가 미처 숨을 다 고르기도 전에 굵은 빗방울이 후드득거리며 떨어지기 시작했다. 경험 많은 당나귀는 서둘러 내리막길에 들어섰다. 한시라도 빨리 산을 벗어나는 게 상책이었기 때문이다. 길은 갈수록 험해지고 좁아졌다. 빗물에 미끄러져 당나귀가 하늘을 향해 네발 들고 자빠지기도 여러 번이었다. 뒤에서 졸졸 따라오던 젊은이가 말했다.

"힘들어도 지금 와서 돌아가기는 아깝잖아. 그런데 이러다가 길이 끊어지기라도 하면 어쩌지?"

그러자 어둡던 내리막길이 훤해지며 양쪽에 깎아지른 듯한 절벽이 나타났다. 절벽에서 흙이 무너져내리는 바람에 길이 끊어져 있었다. 한동안 길을 찾던 젊은이는 머리를 긁으며 중얼거렸다.

"할 수 없네, 뭐. 억울해도 돌아가야지."

억울하고 고생스럽기로는 말 많은 젊은이보다 말귀 알아듣는 당나귀가 훨씬 더했지만 젊은이의 말마따나 왔던 길을 다시 돌아가지 않을 수 없었다. 막 절벽을 벗어날 무렵 젊은이가 다시 중얼거렸다.

"이렇게 길이 험한데 늑대라도 나타나면 우린 꼼짝없이 죽었다."

그 순간 절벽 위에 늑대의 회색 털이 나타나는가 하더니 늑대들이 붉은 입을 쩍쩍 벌리며 달려 내려오기 시작했다. 젊은이와 당나귀는 넘어지고 엎어지면서도 필사적으로 뛰고 또 뛰어 아까 있었던 산마루에 이르렀다. 젊은이는 살았다는 기쁨에다 나름대로 당나귀

에 대해 미안하다는 감정을 섞어 다시 외치기를,

"야, 살았다. 너 그렇게 넘어지고도 다리가 부러지지……"

말 많은 젊은이는 더이상 말을 계속할 수 없었다. 말귀 알아듣는 당나귀가 더이상 참지 못하고 젊은이가 말을 하지 못하도록 귀를 꽉 깨물었기 때문이었다.

당나귀의 가르침

말하는 대로 이뤄진다고 해서 모두 예언자가 될 수는 없다. 말을 하지 못한다고 해서 말을 못 알아듣는 것은 아니다.

군대 라면

조선 남자들은 군대와 축구 이야기를 양로원에 가서도 하고 조선
의 여자들은 군대에서 축구한 이야기라면 양로원에서도 이를 간다
고 한다. 그런데 군대에서 라면 먹은 이야기는 어떨까. 그것도 여자
덕분에 먹은 라면이라면.

1982년에 군대에 갔더니 일요일 아침으로 라면을 주었다. 그 라
면은 연대급의 병력이 한꺼번에 먹어야 한다는 제약 때문인지 삶아
서 주는 것이 아니고 쪄서 주는 것이었다. 삶은 라면과 달리 찐 라
면은 형태가 네모진 그대로 남아 있고 면도 딱딱해서 거의 뜯어먹
다시피 해야 했다. 찐 라면에 날계란 하나, 단무지를 식판에 얹어주
고 철모만한 국자로 미지근한 수프 국물을 떠서 부어주었다. 그런데

186

가만히 보니 기간병(훈련소에서 작대기 계급장을 달고 장군처럼 행동하는 사병들을 이렇게 불렀는데 국가의 기간基幹이 된다는 뜻인지 일정한 기간期間 동안만 그렇게 행동하도록 허용되었다는 뜻인지 확인해보지는 않았다)들은 그 라면을 벌레나 돌처럼 하찮게 여기는지 날계란의 앞뒤만 깨어 쪽 빨아먹은 뒤 식판째 잔반통에 부어버리는 것이었다. 잔반통에는 임자 잃은 나룻배 같은 라면이 수프의 파도 위에 둥둥 떠다니는데, 영민한 훈련병들은 그 라면을 잽싸게 건져서 두 개도 먹고 세 개도 먹었다. 나는 영민하지도 못하고 잽싸지도 못했던 관계로 늘 뒷전에서 지켜보기만 했다. 라면 하나로는 한창때의 식욕을 감당할 수가 없었다. 훈련이 없는 일요일이지만 라면 하나로 견디기에는 오전 시간이 너무 길었다. 그렇다고 내무반 침상에 누워서 잠을 자는 건 죽음을 청하는 짓이었다.

그럴 때 또한 영민한 병사들은 특정 종교 신자를 참칭하고 훈련소 안에 있는 교회나 절에 갔다. 어쩌다 교회에서 빵과 우유를 나눠주는 수도 있었고 절에서는 떡이나 과일을 준다고도 했다. 그러나 영민치도 못하고 감히 신의 자식이라고 속일 수도 없었던 나는 거기에도 끼지 못했다. 휴일에 이러지도 못하고 저러지도 못한 채 내무반에 남아 있는 훈련병들에게는 수시로 사역이 떨어졌다. 내무반 주변의 풀을 뽑거나 도랑을 치거나 쓰레기장을 청소하는 일 따위. 이 몸에게는 그런 사역이 늘 따라다녔다. 어느 날은 연대 병력이 쏟아낸 변소의 오물을 오물처리 차량이 퍼내고 난 뒤 호스가 닿지 않는 부분의 오물을 바가지로 퍼내는 사역까지 한 적이 있다.

"전달! 식당 사역 각 내무반 다섯 명! 선착순으로 중대본부 앞에 집합!"

변소 사역이 끝나고 내무반으로 돌아가니 동료들이 냄새가 난다고 문을 잠그고 들여보내주지 않았다. 할 수 없이 양지쪽에서 어정거리고 있는데 천상의 부름인 듯 그런 소리가 들려오는 것이었다. 내무반 안에서는 저마다 신발을 꿰어신고 모자를 쓰고 달려나오는 소리가 콩을 볶는 듯했다. 식당 사역은 그만큼 인기가 있었다. 나는 밖에 있었으니 거리로는 결정적으로 유리했다. 정신을 차려보니 어느새 줄에서 "다섯" 하고 번호를 외치고 있는 것이었다.

운좋게 식당 사역으로 선정된 다섯 명이 보무도 당당하게 식당으로 행진해가자 지상에서 가장 유복해 보이는 군인들이 깨끗한 요리사 복장을 하고 우리를 맞았다. 사역을 하는 동안 음식을 훔치면 사형, 사역을 하는 동안 허락 없이 음식을 먹어도 사형, 사역을 하는 동안 떠들어도 사형, 하품을 해도 사형…… 기타 등등의 주의사항을 듣고 각자의 자리로 배치되었다. 변소 청소에서 얻은 냄새 때문에 쫓겨날까 몸을 웅크리고 있던 나는 식당 사역에서도 가장 나쁜 보직을 받았다. 말린 미역을 산더미같이 쌓아놓은 구석에서 가위로 미역을 네모지게 자르는 일이 내 일이었다. 남모르게 미역을 입에 넣어보았으나 얼마나 짜고 딱딱한지 십 초 이상 입에 넣고 있을 수가 없었다. 노가리튀김 보조를 하는 영민한 동료들은 연신 튀김옷에서 떨어지는 부스러기를 입에 집어넣으면서 한편으로는 군복 속으로 노가리튀김을 슬쩍슬쩍 집어넣고 있었다. 보고 있자니 눈물이 다 났다.

"야! 신병! 너 왜 울어? 미역 보니까 엄마 생각나냐?"

변소 냄새가 나는 소매로 콧물을 닦는데 지나가던 병사, 글쎄 병사라고 하기에는 너무 말쑥하고 깔끔하고 여유가 있어 보이고 아니라고 하자니 거기 있을 이유가 없는 웬 남자가 나를 보고 묻는 것이었다.

"예, 신병 성말구! 아닙니다아!"

나는 자리에서 벌떡 일어나면서 소리를 질렀다. 정체 모를 인간은 귀가 따가운지 눈살을 찌푸리면서 앉으라고 손짓했다.

"너 누나 있어?"

그냥 가려던 그가 문득 물었다. 물론 내게는 누나가 있었다. 그러나 나는 누나를 팔아 훈련소 취사장에서 노가리튀김을 얻어먹을 만큼 영민하지 못했다.

"없습니다아!"

"애인은?"

"없습니다아!"

"그런데 왜 찔찔 짜고 자빠졌냐구우?"

"모릅니다아!"

그는 공깃돌을 놀리듯 경쾌하게 질문했고 나는 그때마다 젖 먹던 힘을 다해 소리를 질렀다. 어느새 목이 쉬어 있었다.

"너 뭐하다 왔어?"

"학교 다니다 왔습니다아!"

"학교? 대학교?"

"그렇습니다아!"

"좋아, 따라와."

알고 보니 그는 취사장의 대왕이라고 할 수 있는 취사반장이었다. 그는 나를 데리고 햇빛이 비쳐드는 아늑한 자리에 가더니 눈부시게 흰 요리사 제복 주머니에서 편지를 꺼냈다. 나를 보고 읽어보라는 것이었다. 나는 황송한 자세로 서서 편지를 읽었다. 그 내용은 언급할 만한 가치도 없지만 '취사반으로 사역을 와서 누나의 주소와 인적사항을 적어주고 노가리튀김을 얻어먹은 영민한 신병의 누나에게 육군 훈련소 주방의 대왕이 밤새워 쓴 연서'라고 제목을 붙일 수는 있겠다.

"어때?"

그는 내게 물었다. 감동적이다, 기념비적이다, 호소력 그 자체다, 편지를 받자마자 당장 짧은 치마로 갈아입고 면회하러 달려올 것이다…… 내가 조금 영민했다면 그렇게 대답했을 것이나 나는 어느 한 구석도 영민함과는 거리가 멀었다.

"오자가 너무 많습니다. 문장도 이상하고요."

그는 다시 잘생긴 눈썹을 찌푸렸다. 나는 그가 집어든 거대한 국자가 내 이마를 강타하는 광경을 떠올리며 눈을 감았다.

"네가 다시 써볼래? 나는 사회에서도 주방에만 있었거든. 정말 이런 편지는 죽어도 못 쓰겠더라."

눈을 떠보니 내 앞에는 대왕도 아니고 장성급 병사도 아니며 그저 사랑에 목마른 청년이 앉아 있는 것이었다. 나는 고개를 끄덕였다. 그는 편지지와 받침대를 가져오게 했고 나는 편지를 쓰기 시작했다.

"너 뭐 먹고 싶은 거 있어?"

문득 그가 물었다. 나는 목이 메어 간신히 고개만 끄덕였다. 그는 그게 뭐냐고 물었다. 나는 그의 뒤에 산처럼 쌓인 라면박스를 가리켰다. 그는 박스를 열고 아무런 표시가 되어 있지 않은 다섯 개들이 비닐봉지를 뜯었다. 그리고 첫눈처럼 순결한 라면 하나를 꺼냈다. 주위를 두리번거리던 그는 '쇼트닝'이라는 글자가 써진 양동이만한 깡통에 바닥을 가릴 정도의 물을 붓고 라면을 뜯어 그 안에 넣었다. 그리고는 연대급 병력의 밥을 한꺼번에 취사할 수 있는 거대한 가스레인지 위에 깡통을 얹었다. 오 초 만에 물이 끓었고 물이 끓자마자 그는 불을 껐다. 그리고 깡통을 기울여서 식판에 라면을 부었다.

그 라면은 내가 그때까지 사회에서 먹었던 어떤 라면보다 감동적이고, 기념비적이고, 호소력 그 자체였으며 그 라면 때문에라도 다시 군대에 가고 싶을 정도다.

×

군대에는 군대에서만 통하는 훌륭한 말이 많이 있다. 그 가운데 인상적인 관용구를 말해보려고 한다. 모든 군인은 시행착오를 겪는다. 시행착오는 반성을 통해 전투력으로 전환될 수 있다. 반성을 할 경우 군인답게 진지하고 철저하게 해야 한다. 그 뜻을 담은 관용구는 남자의 외부 생식기관을 뜻하는 ×을 넣은 '× 잡고 반성한다'이다. 참고로 ×은 군대의 언어세계를 호두과자에 비유컨대 호두요, 사막에 비유할 때 오아시스다. 그 말이 나온 데는 다음과 같은 전설이 있다고 한다.

그 말이 나온 곳은 대학 졸업생을 단기간에 집중 훈련해 장교로 배출하는 어느 훈련대이다. 훈련대의 교관은 장교가 아니었다. 그래서인지 장교 후보생들이 말을 들어먹지 않았다. 훈련을 등한시하는 것은 물론이고 교관을 무시하는 기색마저 있었다. 교관은 궁리 끝에 후보생들의 옷을 모두 벗게 한 다음, 비 오는 연병장으로 내몰았다. 그리고 각각 자기 앞사람의 성기를 잡고 줄을 지어 달리게 했다('군대는 줄이다'라는 관용어도 있다). 그것은 하늘이 사람을 지상에 살게 한 이후 처음 나타난 기묘한 광경이었다.

그때부터 'X 잡고 반성한다'는 말이 생겼다. 아니다. 그 말이 먼저 생겼고 실천한 것은 그때가 처음이라는 설도 있다. 다만 그 X은 자기 게 아니라 남의 것임을 알아두라.

운동에 관하여

　나는 가난했던 젊은 시절부터 지금까지 안 해본 운동이 거의 없다. 운동에 시간과 돈을 투자할 여유가 없는 사람에게 내가 추천하는 운동은 명상호흡, 스트레칭, 걷기, 맨손체조 등등이다. 돈이 조금 있는 사람에게 추천할 만한 것은 당구, 테니스, 볼링, 명품 브랜드 신발과 옷이 필요한 등산, 자전거 타기 정도이다. 나도 이십대에는 주로 걷고 뛰거나 맨손체조를 했고, 삼십대에 들어서야 등산이며 볼링, 테니스에 관심을 가질 수 있었다. 물론 이 모두가 많은 사람이 즐기고 있는 나무랄 데 없는 운동이다.

　하하, 당신이 여유가 좀 있고 남보다 특별한 존재라는 느낌을 가지고 싶은데 운동이 필요하다고 한다면 내가 추천해줄 수 있는 것은 골프다. 한국에서 골프를 치는 데는 돈이 꽤 든다. 골프채, 골프복, 골프화, 부킹, 라운딩, 피fee, 팁 등등이 다 돈이고 클럽하우스에서 먹는 설렁탕 값만 해도 일반 식당의 두어 배는 즐겁게 바가지 쓸 각오를 해야 한다. 골프와 비슷한 수준의 스포츠로는 사냥이 있다. 사냥은 계절적으로 겨울만 가능하고 잡을 수 있는 조수의 마릿수에도 제한이 있으며 일 년에 한두 개 도씩 돌아가며 엽장으로 개장하니 조금 귀찮은 느낌이 들기는 한다. 어쨌든 골프나 사냥을 할 수 있게 되었다면 당신은 사십대 초반의 나와 비슷한 수준에 온 셈이라고 할 수 있겠다. 아 참, 사냥이 아이들 장난이 아닌 이상 엽총(딱총, 물총, 공기총이 아닌)이 필요하고 개도 몇 마리 길러야 하고 오프로드를 드나들 수 있는 괜찮은 성능의 지프도 있어야 하니까 이래저래 돈이 좀 든다.

그런 것쯤 무시할 수 있을 정도라면, 운동을 통해 건강을 유지하고 여가 시간을 활용하며 궁극적으로 자신을 향상시키는 데 그까짓 푼돈이 문제겠느냐, 어디 또다른 참신한 운동이 없느냐고 당신이 묻는다면 나는 승마를 추천하겠다. 당신이 이미 승마를 취미로 하고 있다면 한국에서 좀 여유가 있는 사람 가운데 하나일 것이다. 내가 사십대 중반에 그랬다시피. 혹시 아침에 일찍 일어나는 일, 초원의 싱그러운 공기, 부드럽고 따뜻한 말등의 감촉, 말똥 냄새에 싫증이 났다고 한다면 난 당신에게 요트를 추천하려고 한다.

요트에서는 수영, 낚시, 요리, 선탠 등등 어떤 스케줄이든 당신 마음대로 할 수 있다. 세계 일주가 가능한 자동항법장치와 엔진이 갖춰지고 3개 이상의 침실과 응접실이 딸린 길이 100피트 이상의 요트는 바다를 떠다니는 성이다. 당신이 바로 그 성의 주인이다. 요트와 맞먹는 것이 헤르베르트 폰 카라얀 같은 사람이 즐겼던 경비행기 운전이다. 그런데 요트나 경비행기를 타고 다니는 게 운동이라 할 수 있는지는 모르겠다. 운전이나 조종이 차지하는 비중이 높으니까. 그렇게 모호한 것은 싫다, 좀더 인간적이고 특별하며 세계에서 가장 부자 가운데 하나인 당신에게 어울리는 운동은 무엇일까. 그건 요즘 내가 푹 빠져 있는 폴로라는 것이다.

폴로는 말을 타고 다니며 말렛mallet이라는 나무막대기와 말발굽을 이용해서 땅에 공을 굴려 상대 골대 안에 집어넣는 게임이다. 말과 사람이 한몸을 이루어 거친 호흡을 내뿜는 소리, 흙먼지가 자욱이 피어오르는 대지에 말굽의 징에서 불꽃이 튀어오르고 말렛이 각축하는 수사슴처럼 따악딱 부딪치는 소리를 들으면 두 주먹을 불끈 쥐지 않을 사내가 없다. 땀과 호령 소리 가운데서도 신사도가 있고 장쾌한 승리의 기쁨이 있어 과연 영웅들의 경기라 할 만하다. 이걸 하려면 우선 경기장이 필요한데, 그 넓이는 대략 길이 300야드 너비 250야드짜리 풀밭이면 된다. 경기 시간은 각 7분 30초로 8회이며 사이에 각 삼 분간의 휴식 시간이 있다. 골은 한 번에 1점인데 반칙을 하면 득점의 반을 깎는 엄격한 규칙이 있다.

폴로를 즐기려면 평소에 말 서너 마리 이상은 항상 준비해둘 필요가 있다. 그러자면 마구간이 필요할 것이고 사육사가, 관리인이, 말들이 연습할 만한 초원이 필요할 것이다. 아 참, 목초지도 있어야 한다. 폴로용 말은 폴로포니로 불리는 조랑말인데 좋은 혈통의 폴로포니를 구하는 게 대단히 어려워서 나도 요즘 골머리를 썩이고 있다. 아아, 마지막으로 폴로는 4인이 한 팀을 이루니까 폴로를 할 만한 여유가 있으면서도 운동을 좋아하고 말을 탈 줄 알며 하키도 즐기는 친구가 7명 이상은 있어야 하겠다. 돈이 많이 들 거라고 걱정할 건 없다, 당신은 나처럼 중세 영주에 맞먹는 부자니까.

인생은 짧고 5월 풀밭은 저리도 싱그럽고 아름다우니 언제 시합이나 한번 할까요.

시간과의 연애

시간 자체를 좋아하는 사람이 있었다. 불필요하게 낭비되는 시간을 참지 못하는 사람이 있었다. 그는 성실한 공무원이었고 매일 똑같은 시간에 집에서 나와 똑같은 시간만큼 기차역으로 가서 똑같은 시간에 도착하고 출발하는 기차를 타고 똑같은 시간이 경과한 후에 종착역에 도착하면 똑같은 시간을 걸어 자기 책상에 앉아 똑같은 시간 동안 일했다. 어제와 똑같은 시간에 퇴근을 하고 똑같은 시간이면 기차역 앞에 도착해서 똑같은 가게에서 똑같은 분량의 맥주와 안주를 사서 똑같은 봉지에 담아 들고 똑같은 걸음걸이로 걸어가서 똑같은 기차를 타고 똑같은 시간 동안 밖을 내다보며 하루를 정리한 다음 똑같은 속도로 맥주를 마시고 안주를 먹고 똑같이 기분이 좋

199

아져서 똑같은 통로를 걸어나와 똑같은 문을 통해 기차에서 내린다. 내일도 마찬가지일 인사를 기차 역무원과 나누고 마찬가지로 꽃이 핀 길을 따라 마찬가지로 노래, "옛날에 금잔디 동산에 매기 같이 앉아서 놀던 곳"까지를 반복해서 작은 소리로 부르며 집으로 향한다. 그의 아내는 결혼하고 처음 맞은 날부터 그래왔듯이 그를 마중하러 나오고 처음부터 그래왔듯이 하루 동안 있었던 일을 나직한 목소리로 주고받으며 집안으로 들어가 저녁 식탁 앞에 마주앉아 식사를 한다. 식사를 마치고 나면 그는 그때부터 잠자기 전까지 혼자가 되어 시간에 대해 명상하기 시작한다.

그는 상당한 시간을 들여 "시간은 돈이다"라는 금언을 생각해냈는데 벤저민 프랭클린이란 미국 사람이 그 말을 먼저 했다는 걸 알고는 다소간 실망했다. 하지만 곧 "시간은 가장 위대한 의사이다"라는 말을 생각해내곤 회심의 미소를 지었다. 벤저민 디즈레일리가 없었다면 그는 한동안 행복했으리라. "시간은 두 장소 사이의 가장 먼 거리다"라는 말은 그가 집에서 기차역으로 가는 동안 심심풀이로 만들어낸 말인데 테너시 윌리엄스라는 미국의 극작가가 한 말도 그와 비슷하다. 그걸 알고 난 다음 그는 홧김에 "시간은 한순간도 쉼이 없는 움직임이다"(레프 톨스토이)라는 말도 지어냈고 남이 먼저 했거나 말았거나 간에 "시간은 잘 이용하는 사람에게 친절하다"(쇼펜하우어)라는 말을 아들에게 들려주었고 어느 날 생일을 맞은 아내에게 "시간은 야박스러운 술집 주인과 같다. 나가는 손님에게는 가볍게 작별인사를 하고 들어오는 손님에게는 호들갑스럽게 달려가서 악수를 한다. 반길 때는 웃는 모습이면서 헤어질 때는 언제나 한숨을 쉰다"(셰익스피어)는 말을 축하카드에 손으로 써서 선물했다. 그카드에는 "시간의 흐름에는 세 가지가 있다. 미래는 주저하면서 다가오고 현실은 화살같이 날아가고 과거는 여전히 정지해 있다. ―실러"라는 경구가 인쇄되어 있었다. 그가 시간에 대해 명상하는 방 안의 벽에는 "시간은 지나가면 두 번 다시 오지 않는다. 그것은 매일같이 찾아오긴 하지만 얻기는 어렵고 잃기는 쉽다"는 사마천의 말이 사마천이라는 명의가 없이 액자에 걸려 있다. 그는 이처럼 시간에 관해 시간을 넘어 석학과 문호와 역사가 및 자신과 잦은 대화를 나누어왔다.

그러던 어느 날 그는 문득 자신이 늙었다는 걸 알게 된다. 그의 주변 사물 역시 어제에 비해, 처음에 비해, 그 생각을 하기 전에 비해 낡았다. 그의 아이들은 다 자랐고 집을 나가 각자의 일을 찾았으며 가정을 꾸몄다. 그가 변함없이 사랑하고 의지하는 아내의 얼굴에도 주름이 생기고 머리칼은 희어졌다. 말투는 느려지고 이따금 이유를 알 수 없는 통증이 몸 구석구석을 찾아오며 옛일을 생각하는 일이 많아졌다. 그때부터 그는 시간에 대해 남은 일생을 바쳐 연구할 결심을 하게 됐다. 그의 지식의 일부를 빌려 시간에 대해 알아보자.

인간이 상상해낸 가장 긴 시간 단위 가운데 하나가 겁劫인데 1겁은 범천梵天의 하루에 해당하며 햇수로 치면 4억 3200만 년이다. 혹은 인간의 연월일로 헤아릴 수 없는 긴 시간이라는 뜻으로 쓰일 때는 하늘과 땅이 개벽한 이후 그다음 개벽할 동안이란 뜻이다. 혹은 둘레 40리 되는 성 안에 겨자씨를 가득 채워놓고 하늘에 사는 나이 많은 이로 하여금 3년에 한 알씩 가지고 가도록 하는데 죄다 없어질 때까지의 시간이 1겁이라고도 한다. 혹은 둘레 40리 되는 돌을 하늘의 사람이 무게 3수銖(1수는 약 1.55g)의 옷으로 3년에 한 번씩 스쳐 그 돌이 닳아 없어질 때까지 하는 것을 1소겁이라 하고 둘레 80리 되는 돌을 그렇게 하면 1중겁, 120리 되는 돌을 그렇게 하면 1대겁이라고 한다. 혹은 8만 4천 살로부터 백 년에 한 살씩 줄어 열 살에 이르고 다시 백 년에 한 살이 늘어 8만 4천 살에 이르는 것을 1소겁이라고 하고, 20소겁을 1중겁, 4중겁을 1대겁이라고 한다. 어디 기왕 살 것 이만큼 살아나보자. 어느 날 그는 기차간에서 흥분한 안색으로 내게 말했다.

"성형, 내가 한 가지 중요한 발견을 했소. 높은 데 사는 사람이 낮은 데 사는 사람보다 더 많은 시간을 가지게 된다는 것을 알게 됐소."

듣자 하니 그가 오랜 세월 동안의 명상 끝에 깨달은 것은 아쉽게도 이미 '상대성이론'이라는 이름으로 세상에 알려져 있던 학설이었

202

다. 상대성이론에 따르면 지구의 자전 때문에 바닷가에 사는 사람이 산꼭대기에 사는 사람에 비해 더 느린 속도로 움직이는 꼴이 된다. 속도가 빠를수록 속도가 느린 관찰자보다 더 많은 시간을 가지게 되는 것처럼 보인다. 우리 모두 히말라야에 가서 살자. 인생을 백 년이라고 칠 때 히말라야에 사는 것이 해수욕장에 사는 것보다 몇 분은 시간을 더 쓸 수 있을 테니까.

혹시 아들이 직업을 무엇으로 할까 고민한다면 높은 곳에서 시간을 많이 보내는 비행기 조종을 하라고 하자. 사실 가장 장수할 가능성이 높은 직업은 우주비행사이다. 속도가 광속에 가까워질수록, 지상에서 겨우 지구의 자전 속도에 만족하고 있는 사람에게 이들의 시간은 아주 느리게 진행되는 것처럼 보인다. 우주선에 탄 친구들은, 아직 광속에는 어림없지만, 딴에는 상당한 속도를 자랑한다. 초속 7.9킬로미터(시속 28,440킬로미터)의 속도로 가면 지구 주위를 따라 돌 수 있게 되고, 11.2킬로미터가 되면 지구를 벗어나며, 16.7킬로미터를 넘으면 태양계를 벗어날 수 있는데, 지금 유인 우주선은 지구를 벗어날 수준은 되니까.

나아가 광속에 가까운 속도로 갈 수 있는 우주선을 타게 되면 어떻게 될까. 속도가 커지면 커질수록 그의 시간은 지구에 남은 사람에 비해 느리게 진행하는 것처럼 보일 것이다. 그래서 그가 카시오페이아 자리의 초신성에 다녀오는 데 일 년이 걸렸다고 하면 지구상에서 문명이 사라져버릴지도 모른다. 애써서 다녀왔는데 인간이 멸망하고 바퀴벌레들만이 땅을 덮고 있다면 그는 얼마나 허무해할 것인가. 미칠지도 모른다. 고향의 미루나무와 미리 작별인사라도 해둘 것을!

"그렇군요. 너무 빠른 우주선은 몸에, 정신건강에, 인간관계에 해롭겠네요."

그에게 남은 시간은 얼마일까. 그게 궁금하지만 물어보지는 않았다. 그는 자신의 시간을 낭비하게 하는 사람이며 일이며 세상을 싫어하는 건 물론이고 싫어하는 시간마저 아까워한다. 쓸데없는 질문으로 시간을 낭비하는 사람도 싫어한다.

그가 혼자 틀어박혀 시간을 연구한 지가 꽤 오래되었다. 그는 공직에서 은퇴하기 전에는 공직과 싸워 시간을 얻었고 아버지로서 아들과 싸워가며 시간을 쟁취했으며 노인으로서 생로병사의 허무와 남은 시간이 얼마 안 된다는 강박관념과 싸워 시간을 얻어냈다. 그는 자신에게 남은 모든 시간을, 시간을 아껴 쓰고 연구하는 데에 바친다.

하루살이의 하루는 하루살이의 일생만큼 길고 길다. 한해살이풀의 한 해는 한해살이풀의 일생처럼 길고도 험하다. 부디 그의 1나노초(10억분의 1초)가 1대겁 같기를!

참고

『도둑을 잡기 위해 도둑이 되는 경찰』『전쟁에서 이기려고 전쟁을 벌인 아틸라』. 미출간으로 제작 연대 및 저자 미상.

딸기

딸기는 맛있다. 정말이다. 세상에는 무조건 맛있는 과일이 두 종류 있는데 그중 하나가 딸기다. 나는 딸기를 좋아한다. 이슬에 젖은 탐스러운 딸기를, 평강공주가 바보 온달을 사랑하듯 이태백李太白이 달을 사랑하듯 사랑한다. 딸기가 달보다 좋은 것은 먹을 수도 있다는 점 때문이다. 그렇다. 사랑하면 먹을 수도 있어야 한다. 함초롬히 이슬에 젖은 딸기, 깨물면 새콤한 과즙을 흠뻑 내뿜는 딸기, 먹다 꺼내보면 핏빛에서 분홍, 연분홍, 흰빛이 오묘하게 뒤섞인 딸기, 딸기를 나는 좋아한다.

1980년 하고도 5월. 나는 그때 학교가 문을 닫는 바람에 시골에 사는 친구 집으로 가서 놀게 되었다. 사대육신이 멀쩡한 청년들이—내가 청년이고 내가 빌붙은 친구도 청년이었다—매일 세월아 네월아 막걸리나 퍼마시며 말도 안 되는 소리를 밤새 지치지도 않고 지껄이다가 해가 중천에 솟도록 자빠져 자는 꼴을 보다 못한 가장, 곧 내 친구의 아버지가 산비탈에 있는 딸기밭으로 우리를 내몰았다. 딸기밭에 가는 시각은 오전 4시경, 그러니까 손전등을 비춰야 길이 보이는 새벽이었다.

5월 하고도 하순이라고는 하지만, 새벽바람은 겨울 북풍한설 못지않게 차디찼고 발목에 감기는 이슬은 가시처럼 모질어서 두 청년은 산비탈 밭까지 가기도 전에 반은 얼음덩이가 되었다. 왜 그 새벽에 딸기를 따는가. 청년의 기상을 기르기 위해? 좋은 발상이다. 그러나 그 장면에는 어울리지 않는다.

딸기는 과육이 무르다. 새벽 찬바람이 과육을 단단하게 유지하는 데 도움을 준다. 또 딸기는 하나하나 손으로 따야 하는 과일이므로 일찍부터 서둘러야 시간에 맞춰 내다팔 수 있게 되는 것이다. 들고 간 함지를 가득 채우려면 눈코 뜰 새 없이 바쁘게 손을 놀려야 했다. 함지가 어느 정도 찰 무렵, 아래쪽 마을에서 밥 짓는 연기며 찌개 냄새가 모락모락 피어올라 청년들의 허기를 더욱 부추겨놓곤 했다.

딸기를 가지고 집으로 내려가면 고생했다고 밥을 주느냐. 아니다. 덜 익은 딸기며 뭉그러진 딸기를 선별하면서 딸기 하나 제대로 못 딴다고 친구의 어머니가 퍼붓는 욕부터 먹는다. 해서 잘 익고 상품 가치가 있을 만한 딸기를 골라주면 자전거 뒤에 실은 뒤, 혹여 자전거를 타고 달리다가 딸기가 서로 부딪쳐 상하고 무를세라 살살 끌고 밀며 중간 매집상이 오는 다리로 나가는 것이었다.

이미 수십 대의 트럭이 당도해 있고 여기저기서 딸기를 흥정하는 모습이 눈에 띄는데, 그날 살 물량을 다 산 트럭이 떠나버리면 죽을 고생 하며 딴 딸기를 도로 집으로 싣고 오게 될 수도 있다. 그러면 딸기를 리어카에 싣고 십 리가량 떨어진 시장으로 가는 고역을 치러야 했다. 자꾸 말해서 미안한데 딸기는 과육이 유난히 무른 과일이라 시간이 지날수록 물러지게 되고 그러면 값이 떨어진다. 이런 약점을 잘 아는 트럭의 중간상들이 어찌나 가격을 후려치는지, 흥정 서너 번만 하다보면 약자의 설움에 눈물이 확 쏟아질 지경이었다. 그럭저럭 딸기를 넘기고 셀 것도 없는 돈을 자꾸 세며 집으로 돌아오면 그제야 밥을 얻어먹고 잠이라도 한숨 자게 된다. 이렇게 나는 딸기와 힘들게 사귀었다.

그런데 하루는 산 아래쪽에 있는 대규모 딸기밭에 놀러가게 되었다. 정확하게 말하자면 내 친구의 초등학교 동창 고모의 사촌동생의 아랫집에 살던 사람의 사돈이 농사짓는 딸기밭이었다. 관계가 너무 복잡해서 그런지 내 친구와 그 사람은 형님, 동생 하고 서로를 간단하게 불렀다. 그는 농사를 제대로 짓는 사람이라고 소문이 나 있었다. 그의 비닐하우스 안에는 소파와 커피잔, 카세트라디오까지 있어서 가히 문화적이고 과학적인 영농인의 면모를 유감없이, 가차없이 보여주는 것이었다. 두 청년은 소파에 앉아 커피를 얻어마시고 "멀리 기적이 우네"로 시작하는 노래까지 공짜로 감상했다. 그 양반의 작업복은 우리의 외출복보다 깨끗했는데 놀랍게도 다림질까지 되어 있었다. 그런데 그 딸기밭에서는 딸기를 후텁지근한 오후에 따는 것이었다. 아니, 정확하게는 아무때나 따는 것이었다.

"아아니 형님, 지금 딸기를 따면 내일 새벽에 어떻게 트럭에 가져가서 팝니까? 물러서 똥값 될 텐데요."

청년들이 걱정하자 그 위대한 농부는 피시시, 웃기부터 했다.

"그러니까 농사짓는 사람이 장사꾼들한테 무시를 당하지. 왜 그 시간에 거기까지 가서 그 고생을 하고 섰어. 농사는 과학이야. 경영이고. 농사는 짓는 사람이 주인이야. 먹고 싶으면, 사다 팔아서 돈 벌고 싶으면, 저희가 차 끌고 여기로 와야지. 그래야 값도 제대로 받는 거야."

우리는 고개를 끄덕여가며 삼십 분 가깝게 그분의 강연을 경청했다. 그사이에도 일당을 받고 일하는 사람들이 딸기를 따고 실어날랐다. 트럭이 와서 현금을 척척 내고 딸기를 가져갔다. 그 밭의 딸기는 알이 굵고 단단해서 누구라도 값을 높게 쳐줄 듯싶었다. 단 한 가지 문제가 있었다.

"그런데 딸기가 아직 시퍼런 게 덜 익었네요."

그는 크게 인심을 쓰는 것처럼 시퍼런 딸기를 앉아서 파는 방법을 가르쳐주었다. 덜 익은 것은 하루이틀 뒤에 출하하면 된다는 것이었다.

"에이, 하루 만에 빨개지기나 합니까. 물감을 쓰면 몰라도."

그제야 그는 수상쩍은 물통에 수상쩍은 액체를 탄 뒤, 역시 수상쩍은 기계에 시동을 걸어 시퍼런 딸기 위에 수상쩍은 액체를 분사하기 시작했다. 삽시간에 주변은 수상쩍은 냄새로 가득찼다. 우리는 마주 바라보며 물었다.

"이거 농약 아녀?"

"저걸 샤워라고 하는 겨, 목욕이라는 겨, 사우나라는 겨?"

수상쩍은 그 인간은 이렇게 설명했다. 덜 익어서 단단한 딸기의 과육에 농약을 듬뿍 치면 약이 올라서 색깔이 빨개진다는 것이다. 그렇게 처리하면 대도시까지 가서 유통, 소비되는 긴 단계에서도 천연의 딸기보다 과육이 더 오래 견딘단다. 도시 아이들이 싫어하는 징그러운 벌레가 없는 것은 기본이고.

"정말 이래도 되는 겁니까, 네?"

"세상이 그렇게 해달라고 사정하는데 내가 무슨 부처야, 공자야. 나는 자본주의 국가에서 과학과 기술을 활용하는 농업경영인이야."

그 친구는 가슴을 펴고 씩씩하게 말했다. 그후 나는 크고 탐스럽고 예쁜데 먹음직스럽고 비싼 딸기는 일단 수상하게 생각하게 됐다.

그 인간은 어떻게 됐더라. 내 친구의 초등학교 동창 고모의 사촌 동생의 아랫집에 살던 사람의 사돈. 농약 중독 때문인지, 교통 사고 때문인지 농사를 지을 수 없게 되었다는 이야기를 들었다.

그래도 딸기는 맛있다. 올해는 유기농법으로 지은 무공해 딸기를 실컷 먹을 수 있었다. 행복했다.

장수

전화를 통해 들려온 그의 목소리로는 일흔 살이 넘은 노인이라는 느낌이 들지 않았다. 혹시 그의 조수가 아닌가 싶어 재삼 장오수 박사신가 확인을 했는데 바로 본인이라는 것이었다. 하기는 워낙 저명한 식품영양학자에 한 달에 수십 회 이상 지방 강연을 다니면서도 200매 이상의 원고를 집필하는 사람이 아닌가. 그는 내가 경영하는 출판사의 이름을 대자 금방 그곳이 건강 관련 서적을 중점적으로 취급하는 곳이 아니냐고 물어왔다. 그래서 이야기는 쉽게 풀렸다.

"선생님의 원고를 신문에서 보고 연락을 드렸습니다. 혹시 지금 연재하시는 칼럼을 출판하실 의향이 있으신가 해서 말입니다."

"연재를 시작한 게 겨우 이주일인데…… 상당히 동작이 빠르

시군."

"박사님은 워낙 유명한 분이시니까요. 집사람이 선생님의 열렬한 팬입니다."

아내가 장오수 박사의 팬이라는 건 사실 과장이다. 시청에서 열린 초청강연회에 갔다가 장오수 박사를 보고 와서는 "텔레비전에서 볼 때보다 훨씬 젊게 보이더라구요" 하고 한마디했을 뿐이었다. 어쨌든 그는 만족감과 느긋함이 묻어나는 목소리로 약속 장소를 일러주었다. 도착해보니 그곳은 온통 화려한 봄옷 차림의 젊은이들이 가득차 있는 커피 전문점이었다.

"아이구, 이거 저만 해도 눈 둘 데가 없는데 박사님은 역시 마음이 젊으시군요."

내 너스레에 장박사는 눈을 가늘게 뜨고 미소를 지었는데 아닌 게 아니라 그 미소만 해도 오십대 이하의 장년에게서나 볼 수 있는 근사한 것이었다. 얼굴에 검버섯은 고사하고 주름살도 거의 없었고 머리도 거의 빠지지 않았다.

"뭘 드실 거예요?"

초미니스커트를 입은 처녀가 우리를 재촉했다. 그는 재촉을 받고 나서도 한참 동안 주문판을 들여다보았다. 나는 커피를 주문했는데 그는 딸기 주스를 골랐다. 이야기가 진행되는 동안 주스와 커피를 가져온 처녀가 주스는 내 앞에, 커피는 그의 앞에 놓았다.

"아니, 저쪽."

나는 자리를 바꾸어달라고 부탁하면서도 그 나이에 딸기 주스를 주문하는 박사의 심정을 헤아릴 수가 없었다. 박사는 빨대를 써서 붉은 딸기 주스를 쪽쪽 소리내어 빨아먹었다. 내가 멍하니 쳐다보는 것을 의식했는지 다음과 같은 말을 했다.

"딸기는 강력한 발암물질인 니트로사민의 생성을 억제하는 효과가 있거든. 딸기를 으깨서 액체를 만들면 바이러스 번식을 억제하는 것을 알 수 있고. 딸기에는 식물섬유 펙틴이라는 것도 들어 있는데 그건 혈중 콜레스테롤치를 낮춰요. 내가 보니 정사장도 콜레스테롤이 좀 높을 것 같군."

근자에 들어 나도 비만에 대해 상당히 의식을 하는 편이다. 그래서 가볍게 반격을 했다.

"저는 뚱뚱해도 제 처는 말라깽입니다. 콜레스테롤치가 정상보다 낮다더군요. 우리 부부를 평균하면 남과 비슷하지요."

"아니, 그러면 두 사람 다 나쁜 거예요. 적당해야지. 낮아서도 안 되고 높아서도 안 되고. 콜레스테롤, 콜레스테롤 하니까 사람들이 계란 노른자에도 과민하게 반응을 하는데 부인한테는 계란 노른자를 드시라고 하세요. 그건 완전식품이지."

"이 커피는 어떻습니까."

박사는 내 눈을 들여다보면서 차근차근 일러주었다.

"사람이 먹는 식품이라면 다 일정한 효과가 있어요. 커피도 염려하는 것처럼 나쁘지는 않아. 커피에는 카페인이 들어 있지. 카페인은 뇌의 활동을 활발하게 하고 기관지 근육을 이완시켜요. 천식에도 좋단 말이에요. 또 항우울제 작용도 하거든. 혈압 조절이 잘 안 되는 노인들은 식전에 한 잔씩 마셔두면 효과가 좋지. 커피에는 타닌이라는 게 있는데 그건 충치 예방 효과도 있고."

나는 그 자리에서 감복하고 말았다. 원고는 6개월 후에 받기로 했다. 나는 박사와 통화를 하거나 만날 일이 있을 때는 직원을 시키지 않고 직접 했는데 그때마다 내 건강상의 문제나 걱정을 곁들여 상담받을 수 있으리라는 기대가 작용했기 때문이었다.

박사는 원래부터 건강 체질은 아니었다고 했다. 태어나서 몇 번 죽을 고비를 넘길 정도로 중병에 걸리기도 했고 잔병은 늘 몸에 달고 살았다. 그래서 일찍부터 건강에 관한 것이라면 무엇이든 관심을 가지고 들여다보게 되었다. 그렇게 한 결과 대학에서 식품영양학을 강의하게 되었고 삼십대 이후는 하다못해 충치나 무좀 같은 병에도 걸려본 적이 없다고 했다. 지금은 부와 명예와 건강이라는 세 마리의 토끼를 다 잡은 행복한 인생을 구가하고 있는 셈이었다.

책이 나오기 직전, 박사의 집에 가게 되었다. 계약서를 받아야 했는데 박사가 마침 지방 강연중이어서 집에서 부인이 대신 전해주겠다고 했기 때문이었다. 박사의 집은 양지바르고 조용한 곳에 자리잡은 아담한 한옥이었다. 담 밖으로 감나무며 대추나무가 보였고 대문 안으로 들어가자 키가 낮은 오미자와 구기자나무가 서 있어서 키 큰 나무와 조화를 이루었다. 관상용으로도 볼만했고 열매는 장수와 연관된 나무들이었다. 나도 박사에게 어지간히 들을 만큼 들어 마당 곳곳에 심어져 있는 초목이 무슨 역할을 하는지 대략은 헤아릴 수 있게 되었다. 이뇨에 좋다는 호박, 몸안의 독소를 없애준다는 우엉, 류머티즘 찜질에 좋은 파, 소화불량을 치료해주는 무. 연못 속의 연뿌리는 코피를 멎게 해줄 것이었다. 직원에게 시켜도 좋을 일을 내가 직접 한 것은 바로 박사의 집안에 무엇이 심어져 있나, 우리집에 무엇을 심고 먹을까를 직접 보고 느끼기 위해서였다.

박사의 부인은 조금 우울해 보였다. 흰머리도 많았으며 주름 역시 여느 칠십대 노인처럼 많았다. 이 양반이 자기만 건강하고 자기만 젊게 오래 살려고 하나? 부인에게는 아무것도 해주지 않는 모양이지? 내가 그런 의문에 사로잡혀 차를 마시고 있을 때 집 안쪽에서 무엇인가 깨지는 소리가 났다. 부인이 달려들어가고 난 다음 곧 시끄럽게 다투는 소리가 났다. 이윽고 부인이 상기된 얼굴로 나와서 실례를 사과했다.

"안에 누가 계십니까?"

부인은 머뭇머뭇 대답했다.

"어머님이세요. 하루도 탈없이 그냥 넘어가는 날이 없네요."

"저런! 연세는요?"

"올해 아흔여덟이세요. 여든 살부터 치매 증세가 시작되어서는 나이를 거꾸로 드시는 것 같았으니까 지금 저보다 훨씬 기운이 넘치시죠."

부인이 체념한 듯한 표정으로 말했다.

어떤 소리를 찾아서

　어느 날 나는 어떤 사람의 집에 갔다가 어떤 CD로 어떤 고전음악
을 들었다. 그런데 전에 없이 어떤 느낌이 나의 어떤 부분을 자극하
는 것이었다. 그 결과로 어떤 정서적 반응이 생겨났는데 그걸 말로
하자면 어떤 황홀, 어떤 처량함, 어떤 추억, 어떤 청승, 어떤 상류층
의식 같은 게 버무려진 어떤 지방의 비빔밥 같았다. 내가 집주인에
게 그런 말을 했더니 그는 내게 아직 오디오가 없느냐고 물었다. 나
는 고등학교 때 삼촌이 조립한 전축에 불을 낸 이야기부터 시작해서
'야전'이라고 불리던 야외전축을 중고로 들여놓고 하루 만에 고장낸
이야기, 대학에 입학할 무렵 그 당시 유행하던 컴포넌트를 사주지
않으면 학교에 가지 않겠다고 협박을 해서 들여놓은 소리나는 전기

제품, 군대 내무반에서 모포를 뒤집어쓰고 이어폰으로 듣던 스테레오 FM 라디오에 대해 장황하게 떠벌렸다. 그는 그 모든 이야기를 참을성 있게 들은 뒤 고개를 끄덕이며 말했다.

"체코의 작가 카렐 차페크가 말하기를 사냥과 수집이 남자의 전유물이라고 했네. 그 사람이 오디오를 알았다면 남자의 전유물에 오디오를 반드시 포함시켰을걸세. 사냥, 수집, 오디오의 공통점은 남자들을 수다쟁이로 만든다는 거야. 원시시대에 사냥을 나가지 않는 날 남자들이 동네 어귀에 쭈그리고 앉아 할 법한 이야기를 오디오를 취미로 삼은 사람들의 모임에서 듣는 경우가 많다네."

그러고는 제대로 된 오디오를 한번 구해보라고 권했다. 나는 오디오는 아무것도 모르는 초보자다, 무엇부터 시작하면 되는가 물었다. 그러자 그는 나의 경제력, 정서적 감응 상태, 현재의 열망, 시간이 얼마나 많은가 등등을 고려해서 그에 알맞은 앰프를 선정한 뒤에 다른 기기를 장만하라고 했다.

앰프에는 진공관, 트랜지스터, 집적회로 방식이 있다는데 그의 집에 있던 앰프는 트랜지스터형이었다. 우연히 그의 집에 있던 앰프와 같은 앰프가 중고시장에 나와 있다는 것을 오디오 잡지에서 알게 되었다. 잡지에 있는 번호로 전화를 했더니 자기 집 근처로 오라고 했다. 그 앰프의 소유자는 막 여행을 다녀온 사람처럼 피곤해 보였다.

"앰프에는 잘 어울리는 스피커가 있죠. 영국에서 나온 앰프에는 영국에서 나온 스피커가 잘 어울리죠. 약간 음울하고 부드러운 음색이라고나 할까요. 영국의 날씨처럼 말이죠. 그런데 제가 가지고 있던 스피커는 벌써 팔렸거든요. 그 스피커가 어디 있는지 말씀드릴 수는 있어요. 한번 들어보시고 결정하세요."

나는 그와 함께 근처에 있는 오디오 가게로 가서 그 스피커와 앰프를 조합해서 애초에 내 심금을 울렸던 그 음악을 들었다. 그런데 내가 들었던 산채비빔밥 같은 쌉싸름한 느낌이 생겨나지 않았다. 그러자 오디오 가게의 주인은 무엇보다 소리를 정확하게 재생시켜주는 장치가 출발점인데 출발점의 이름은 플레이어라고 했다.

그로부터 가게 주인에게서 천차만별의 CD플레이어에 대한 강의를 한 시간쯤 들으며 CD플레이어를 바꾸어 연결해서 소리를 들었다. 그런데 역시 그 느낌이 오지 않는 것이었다. 내가 고개를 젓자 그는 문제는 CD 그 자체에 있는지도 모른다고 했다. 나는 그가 추천하는 음반 가게로 택시를 타고 가서 정평이 있는 연주자의 정품 CD를 네 장 구했다. 그런데 어느 것도 그 소리를 들려주지 못했다.

내가 뿔따구가 나서 전화를 하자 그는 CD보다 LP가 나을지도 모른다면서 LP플레이어로 들어보는 게 어떻겠냐고 했다. 나는 로봇처럼 성실하게 그가 추천하는 LP플레이어를 연결하고 어렵사리 LP를 구해 소리를 들어보았다. 그러나 그 소리가 날 리 없었다.

그런 나를 지켜보던 한 사내가 있었다. 사무라이처럼 생긴 그 사내는 진짜 사무라이처럼 척척 내게 다가오더니 자신에게 중요한 정보가 있는데 내가 불쌍해 보여서 그걸 알려주겠다, 그 대신 차나 한 잔 사달라고 했다. 오디오 가게가 몰려 있는 건물 일층의 찻집에서 차를 마시면서 그는 오디오 가게 주인들의 반은 사기꾼이고 나머지 반은 도둑놈이라고 자기 하고 싶은 만큼 욕을 하더니 문제는 케이블에 있다고 했다. 케이블에는 플레이어에서 발생한 신호를 앰프로 연결하는 것input, 앰프에서 증폭된 소리를 스피커로 내보내는 것 output 두 종류가 있다. 또 구리로 만든 것, 백금으로 만든 것, 꼬아서 만든 것, 유명 메이커의 것, 국산 자작의 것 등등이 있으며 구리선에는 순도가 99.9퍼센트에서 99.999999999퍼센트까지 있는데 9가 하나씩 붙을 때마다 가격은 두 배 내지 네 배로 올라간다고 했다. 순도 99.999999999퍼센트의 케이블은 내가 그때까지 구한 모든 기기의 값을 합친 것의 열 배쯤 되었다. 내가 포기 의사를 밝히자 그는 그 케이블에 조금 떨어지긴 해도 어지간한 케이블보다는 뛰어난 수제手製 케이블이 있다고 했다. 청계천 어디에 가면 이러저러하게 생긴 노인이 미군부대에서 흘러나온 통신 케이블을 잘라서 팔고 있다, 그 케이블은 몇만 원이면 된다, 그 케이블에 딱 맞는 단자가 자기한테 있으니 사가라고 했다. 나는 사무라이에게서 새끼손가락만한 단자를 사들고 그 노인을 찾으러 갔다.

가보니 그 노인은 이미 고인故人이 되었고 그 노인의 동생이 앉아서 구두를 깁고 있었는데 그의 추천을 받아 또 한 사람의 고인高人을 찾아가서 그 고명한 케이블을 구할 수 있었다. 그러나, 그러나, 그러나, 그러나, 내가 처음에 들었던 그 소리는 날 줄을 몰랐다. 오히려 점점 멀어지는 것 같았다. 고인은 말하기를 앰프 내부의 부품을 납품한 회사, 부품의 생산 연도, 부품을 조립한 계절, 날씨, 공장의 파업 유무에 따라 소리가 달라질 수 있고 설계하고 조립한 사람의 성별, 나이, 경력, 책임감, 가족 수, 월급을 감안하여야 하며 나아가 부품을 고정하는 납의 크기·생김새에 따라 달라질 수도 있다고 했다. 나는 그에게 심심한 경의를 표하고 긴 여행을 한 사람처럼 지쳐서 지하철에 올랐다.

나는 애초에 그 음악을 들은 사람의 집으로 갔다. 그리고 그 CD를 찾아서 그 플레이어에 걸고, 그 앰프와 그 스피커를 그 케이블로 연결하고 그 음악을 듣던 자리에 앉아서 소리를 들었다. 그런데 이번에는 전혀 엉뚱한 소리가 들렸다. 그러고 보니 그동안 내가 달라져버렸던 것이다.

자두가 붉은 뜻은

과일의 왕이 누구인가, 또는 무엇인가에 대해서는 따질 생각이 없다. 그러나 막 태어난 귀여운 왕자 같은 과일이 무엇인가고 묻는다면 나는 자두라고 대답할 것이다. 이 과일은 장미과에 속하는 낙엽교목인 자두나무에 열린다. 자두나무의 꽃은 4월쯤에 피고 석 달쯤 지나 겉은 붉고 과육은 황색인 달고 새콤한 열매가 맺힌다.

자두가 얼마나 맛있는가에 대해서는 다음과 같은 격언을 되새겨보는 것으로 충분하다. "오얏나무 아래에서는 갓끈을 고쳐 매지 말고 참외밭에서는 들메끈을 고쳐 매지 마라." 오얏은 자두의 다른 이름이다.

내가 가끔 원고를 쓸 때 빌리던 한 선배의 농가주택 앞 개울가에 그 자두나무가 있었다. 개울 너머에는 큰뿔사슴이 들어 있는 우리가 있었고. 그 사슴은 영화 〈디어 헌터〉에 나오는 그 디어를 닮았다. 우리 속에 들어 있는 큰뿔사슴은 그것을 기르는 사람의 경제 규모를 짐작하게 해준다. 그 사람의 성향이나 기질도 어렴풋이는 알게 해준다. 그게 뭐냐고?

큰뿔사슴은 웬만한 소보다 비싸다. 소에게서는 우유나 고기가 나온다. 쟁기를 끌게 하고 멍에를 지울 수도 있다. 큰뿔사슴? 우유도 고기도 힘도 나오지 않고 우리에서는 매일 한 바가지 정도의 파리만 나온다. 그런데도 큰뿔사슴을 키우는 이유는? 큰뿔사슴이 모가지가 길어 슬픈 짐승이어서? 그 사람이 동물 애호가라서? 그냥 심심해서? 아니다. 큰뿔사슴에게서는 큰 뿔이 나온다. 같은 사슴이라도 꽃사슴에게서는 그저 손가락만한 녹용을 얻을 수 있지만 큰뿔사슴에게서는 삽자루 같은 대형 녹용도 얻을 수 있다. 자, 큰뿔사슴을 기르는 사람은 그 큰 뿔로 한탕하자는 것이다. 기왕 키우는 거, 크게, 한 번에 한몫 보자는 것이다. 이게 내가 짐작한 바다.

큰뿔사슴의 우리 너머에 있는 앞집 주인의 성은 '고', 그래서 나는 '고씨 아저씨'라고 부른다. 앞집은 슬레이트 지붕에 흙벽인 선배의 집과는 달리, 몇 년 전에 평당 200만 원 가까이 들여 지은 늠름한 현대식 주택이다. 페치카용 굴뚝이 달린 짙은 갈색의 지붕, 커다란 유리를 끼운 벽, 금붕어를 기르는 연못 등이 고씨 아저씨와 그 가족들의 직업을 알쏭달쏭하게 만든다. 하여튼 고씨 아저씨는 큰뿔사슴을 사육하는 농부다. 앞집의 앞집과 윗집은 고씨 아저씨의 집보다 더 호화로운 별장인데 고씨 아저씨는 이 두 집의 관리도 해주는 것으로 알려져 있다. 잔디도 깎아주고, 물도 뿌려주고, 누가 그 집을 기웃거리면 눈도 부라려주고. 물론 적당한 돈을 받을 것이다.

그건 그렇고 선배의 집과 앞집 사이에는 개울이 있고 개울가에 자두나무가 있었다는 이야기로 돌아가자. 자두나무 너머에 흑염소와 사슴 우리가 있고 그 위쪽은 복숭아밭이다. 이제 본론을 꺼내자.

복숭아에 대해서 당신은 어떻게 생각하는가. 내 생각에는 복숭아야말로 과일의 여왕이다. 복숭아나무의 꽃은 분홍, 담홍색인데 이 세상에서 그렇게 아름다운 꽃은 단 하나뿐이다. 복숭아꽃이 피어야 비로소 봄이 볼만한 게 된다. 봄이란 '복숭아꽃을 봄'에서 나온 말이라고 해도 될 정도다. 여름? '복숭아가 열매 맺음'에서 '열매 맺음'→'열음'→'여름'이 되었다고 나는 주장한다. 같은 논리로 복숭아를 먹는 것은 '세상을 사는 기쁨'이고 복숭아를 따는 것은 '세상을 쥐는 즐거움', 복숭아를 바라보는 것은 '세상을 보는 느낌'이다. 막 붉은 물이 드는 초여름의 복숭아는 어린 왕녀처럼 기품 있고 다 익은 붉은 복숭아는 풍부한 즙과 부드러운 과육으로 다른 과일에서 맛볼 수 없는 농염한 맛을 선사한다. 먼 옛날 고승을 유혹한 어느 궁주宮主가 그랬을까.

내가 그 선배 집에 있던 때는 7월이었다. 복숭아밭의 복숭아에 붉은 물이 들 무렵이었다. 나는 왕녀의 기품을 흠모하여, 즐겁고 기쁘게 그 복숭아를 먹기로 했다. 복숭아밭에는 임자가 있다. 복숭아나무에도 임자가 있고 복숭아에도 임자가 있다.

상식적으로 하자면 우선 복숭아밭 주인을 찾아가서 이렇게 말해야 한다.

"저 오늘 저녁 여덟시 정각 무렵에 복숭아가 먹고 싶어졌습니다."

그럼 주인은 대답하리라.

"복숭아는 아직 덜 익었소."

내가 말한다.

"제가 먹고 싶어하는 게 바로 그 덜 익은 복숭아입니다. 막 붉은 물이 들기 시작하는 복숭아. 저는 그 왕녀와 같은 기품을 먹고 싶은 겁니다."

"복숭아는 다 익기 전에는 딸 수 없소. 나는 복숭아가 다 익을 때까지 기다려줘야 할 의무가 있소.."

"아무튼 저는 저 복숭아를 당장 먹고 싶군요."

"그럼 따 드시오. 얼마든 좋으니 내 밭에 달린 복숭아다, 여기고 공짜로 마음대로 따 드시오."

이렇게 대화가 진행된다면 얼마나 좋으랴. 그러나 대부분의 복숭아 임자, 특히 고씨 아저씨라면 그런 식의 대화를 좋아하지 않을 것이다. 그래서 내게서 복숭아밭 임자를 찾아갈 마음이 사라졌다.

그러나 복숭아를 먹고 싶다는 유혹을 참을 수 없었다. 또한 오랜만에, 실로 오랜만에 서리라는 걸 해보고 싶어서 얼마나 몸이 근질거렸는지 그것도 참을 수 없었다. 더구나 참을 수 없었던 것은 큰뿔사슴을 키우는 사람의 한탕주의였다. 모든 디어 헌터의 이름으로, 모든 암소의 자존심으로, 큰뿔사슴의 우리에서 나오는 파리떼에 대한 복수심으로 나는 중무장을 하고 어스름한 저녁 복숭아밭으로 향했다.

복숭아밭에 들어서자마자 문득 하품을 길게 끄는 듯한 기이한 소리가 들렸다. 나는 복숭아밭에 납작 엎드렸다. 가축 분뇨 썩는 냄새가 심하게 났다. 다시 하품을 길게 끄는 듯한 소리가 들렸다. 발정한 사슴의 울음소리였다. 나는 내가 복숭아·서리를 하는 다양한 이유에 한 가지를 더 추가했다. 난 귀신고래가 내는 것 같은 저 소리를 이때껏 참아왔단 말이지.

드디어 난 모든 과일의 왕녀, 세상에 봄과 여름을 가져오는 복숭아를 손에 쥐었다. 까실한 털이 만져졌다. 복숭아 서리에서 유념할 것은 인간의 새침함과 맞먹는 이 털이다. 잘못 건드렸다가는 가렵고 따가워서 왕녀고 뭐고 본전도 건질 수 없게 된다. 나는 조심스럽게 복숭아를 따넣었고 목적을 달성하고 나서 번개처럼 마당으로 돌아와 샘물에 왕녀들을 목욕시켰다. 그때 방에서 선배가 불렀다.

"시방 뭘 하는 겨?"

"자요."

"자는데 물소리가 왜 나는 겨?"

"개울에 선녀들이 내려와서 목욕을 하나봐요."

그날 밤 내가 먹은 복숭아의 수는 열여덟 개였다.

다음날 외출했다가 돌아오는 길에 나는 누가 자두나무 아래에 서 있는 걸 보았다. 고씨 아저씨였다. 그는 내가 온 걸 아는지 모르는지 천연스럽게 자두를 따고 있었다. 나는 왜 남의 자두를 따느냐고 고래고래 소리를 지르려고 했다. 그 순간 내 발치에 내가 어제 먹고 버린 복숭아씨가 흩어져 있는 게 보였다.

슬프다, 부지런한 그가 오늘 아침 복숭아밭의 복숭아 수를 세어보았구나. 복숭아 열여덟 개가 없어진 걸 알고, 주변에 그런 비행을 저지를 인물은 나밖에 없다고 판단했는지도 모른다. 심증은 있지만 물증이 없으므로 확인을 하러 왔다, 왔다가 복숭아씨를 보고는 물증을 잡았다, 그래서 자두를 따면서 나를 기다리고 있었다, 내가 뭐라고 하면 당장 멱살을 잡으려고, 보란듯이, 능청스럽게, 어디 입만 빵끗 해봐라 벼르면서.

그래서 나는 다시 신중히 생각하지 않을 수 없었다. 사실, 개울은 누구의 것도 아니다. 누구의 것도 아닌 개울가에 서 있는 자두나무 역시 누구의 것도 아니다. 누구의 것도 아닌 자두나무에 달린 과

228

일의 왕자, 볼이 미어터질 듯이 붉은 자두 역시 누구의 것도 아니
다……

고씨 아저씨는 그런 걸 아는지 모르는지, 그런 생각을 해봤는지
말았는지 계속 자두를 땄다. 그러더니 한 바가지 정도를 덜어서 내
게 주었다. 나는 그걸 화해의 표시로 받아들였다. 과일의 왕녀와 왕
자의 위대한 화해. 나는 고맙다고 말했고 고씨 아저씨는 뭘 그런 걸
가지고 그러느냐고 너털웃음을 치면서 자기는 세 바가지분의 자두
를 들고 어슬렁어슬렁 집으로 돌아갔다.

한 시간쯤 있다가 선배가 돌아왔다. 나는 자두를 씻어서 그에게
주었다.

"맛있구먼. 자두를 다 딴 겨?"

"내가 안 땄수. 고씨 아저씨가 따서 나눠줬는데."

갑자기 선배는 화를 버럭 냈다.

"고씨가 왜?"

"저 나무, 그 아저씨네 자두나무 아녀?"

나는 사슴 피처럼 붉은 자두를 입에 문 채 물었다.

"아녀! 나무 있는 데는 등기부상으로 명명백백 우리 땅이여."

"저 사슴 우리는 고씨 아저씨네 거잖어. 나무가 저기에 더 가까이
붙어 있으면 그 사람 나무 아녀?"

"사슴 우리는 아랫집 박영감네 거라고."

229

나는 잠시 침묵을 지켰다. 그러나 하나 더 묻지 않을 수 없었다.

"그럼 저 복숭아밭은 누구 건데요?"

선배는 어젯밤 내가 먹고 버린 왕녀, 어린 복숭아의 씨를 발로 툭 차면서 말했다.

"그것도."

보이지 않는 손

부끄러운 일이지만 나도 뇌물을 준 적이 있다. 뇌물을 주고 난 다음의 기분은 묘했다. 내가 이 세계의 정상적인 일원이 되었다, 진정한 대한의 사나이가 되었다는 뿌듯한 느낌에 약간의 죄의식이 딸기잼처럼 발려 있는 빵 같았다고나 할까. 벗어도 되는 옷의 일부가 벗겨진 것 같기도 하고 조금 멍청해진 것 같기도 하고 뭐 그랬다. 그때 그 기분이 하도 재미있어서 그 무렵부터 나는 뇌물에 대해 특별히 관심을 가지게 됐다.

뇌물 역시 세상의 어떤 분야나 마찬가지로 연구 대상이 될 수 있다. 한국 사람이 태어나 처음으로 뇌물을 주게 되는 시기는 평균적으로 언제쯤인가. 금액은 시대에 따라 어떻게 달라졌는가. 뇌물의 형태는? 수표, 현금, 귀금속이나 보석, 온라인 입금, 사과 박스, 가방 말고 또? 뇌물을 주고 나서 그 뇌물에 따르는 대가를 얻을 확률은? 이런저런 주제에 관해 공부할 것은 상당히 많다. 그런데 한국 사회에서 회화나 건축 이상으로 유구한 역사를 자랑하는 이 분야, 뇌물에 대해서는 그 중요성에도 불구하고 학문적 연구가 거의 없는 것 같아 아쉽다. 정말 아쉽다.

내 경우를 두고 말해보자. 나는 남들처럼 자동차를 운전하게 되면서부터 뇌물을 주고받는 일이 남의 이야기만은 아니라는 걸 자각하게 되었다. 20세기 하고도 90년대 초, 그때 자동차가 다니는 도로 위에서 법은 멀고 뇌물은 가까웠다.

그런데 본격적으로 뇌물의 진면목을 경험하게 된 것은 전부터 살아오던 집을 허물고 새집을 건축하면서였다. 건축 공사장에는 먼지와 소음, 법규 준수와 관련된 온갖 민원이 생겨나고 관련된 사람도 많아지면서 감독자도 많아진다. 신고를 받고 나온 경찰, 구청 담당 공무원, 소방 공무원이 시도 때도 없이 들이닥쳐서 민원을 해결하지 않으면 공사가 진행될 수 없다고 지적했다. 건축주이긴 했지만 그들을 상대하는 방법을 몰라 경험이 많은 현장의 공사감독에게 모든 것을 맡겨두고 있었다. 그런데 어느 날 양복을 입은 남자가 검은 가죽 가방을 들고 와서 책임자를 찾았을 때는 상황이 달라졌다. 현장감독이 내게 와서 '지금 관할 세무서에서 나왔는데 세무 관계 일은 공사

끝난 뒤에도 계속해서 상대해야 하는 일이라 자신은 처리할 수가 없으니 직접 해결하라'는 것이었다.

"어떻게 말입니까?"

"뭐 다른 사람들하고 상대하는 과정이나 금액은 비슷해요. 근데 그걸 사장님이 직접 하셔야 한다는 게 다르지. 내가 봉투를 하나 드릴 테니까 그 사람한테 가서 전해주시면 돼요."

나는 그에게서 하얀 편지봉투를 하나 건네받았고 나름대로 의관을 정제한 뒤 세무서로 찾아갔다. 아까 공사현장에 다녀간 담당공무원에게 가서 잠시 이야기할 게 있다고 하자 그는 무표정하게 지금은 다른 일로 바빠서 그러니 세무서 앞에 있는 지하 레스토랑에서 만나자는 것이었다. 지하 레스토랑은 조용한 음악이 흐르고 있었고 조명이 어두웠으며 손님도 없었다. 내가 칸막이가 쳐진 자리에 앉아서 기다린 지 십 분쯤 뒤에 그가 나타났다. 기다렸다는 듯이 종업원이 등장해 주문을 받아서 돌아갔고 곧 주스 두 잔이 탁자 위에 놓였다. 그는 공사가 문제없이 잘되느냐고 했고 내가 염려 덕분에 순조롭다고 하자 처음에 세금 관계를 제대로 처리하지 않아서 문제가 생겼다고 했다. 나는 잠자코 주스를 마시면서 때가 오기를 기다렸다. 그는 자신이 결혼한 지 얼마 되지 않았고 지금의 세무서로 발령을 받은 것도 불과 몇 달밖에 되지 않았다고 묻지도 않은 말을 했다. 주스가 반쯤 비고 그의 두 손이 탁자 아래로 늘어뜨려지는 순간, 나는 공사감독에게서 코치받은 대로 탁자 아래로 봉투를 내밀었다. 어둠 속에서 길고 부드러운 촉수가 뻗어와 가볍게 그것을 받아갔다. 그는 계속해서 곧 아이가 태어나고 유아원에 갈 것이며 맞벌이를 하는 게 경제적으로도 정서적으로도 유익할 것이라고 말했다. 아무런 표정 변화 없이. 내가 최초의 '거사'로 흥분되어 제대로 대꾸조차 하지 못하는 것을 잠시 지켜보던 그는 주스잔을 들어서 한 번에 다 마셔버리고는 다음에 보자면서 자리에서 일어섰다. 나는 허둥지둥 뒤따라서 일어섰지만 이미 그의 모습은 레스토랑 뒷계단으로 사라지고 있었다. 걸음이 익숙한 것이 들어올 때도 그리로 온 게 분명했다.

"계산하셨습니다."

내가 지갑을 꺼내자 종업원은 웃으며 말했다.

나는 특정 계층 사람들, 특정 직업에 종사하는 사람들에 관해 험담을 하려는 게 아니다. 인간적으로 허용 가능한, 이해가 가능한 뇌물의 시대를 살아와서 예를 든 것뿐이다. 어쨌든 이건 지난 세기의 이야기다.

예전에 대통령까지 지낸 뇌물계의 거장, 위인偉人의 솜씨에 대해 들어본 적이 있다. 그는 한 번도 뇌물을 요구한 적이 없다는 것이 평생의 자랑이다. 처음 그에게 돈을 가지고 간 사람들은 그가 뇌물 이야기를 하지 않아서 몹시 갑갑해한다. 뇌물의 다른 이름은 정치자금, 후원금, 비자금, 보험금, 플러스 알파 등등으로 다양한데 그는 그런 이름의 머리글자도 이야기하지 않는다. 오로지 자신이 이 땅의 정치·경제·사회·역사·등산을 위해 얼마나 기여해왔는지에 관해서만 이야기한다. 민족과 국가의 제단에 언제든 몸을 던질 준비가 되어 있다는 둥, 자기 말고는 전부 도둑놈들이니 아예 상종을 하지 말라는 둥, 혹시 아침마다 달리기를 하고 있느냐는 둥, 지루한 이야기는 그의 기분에 따라 계속된다. 그래도 세월은 흐르는 것, 언젠가는 뇌물을 건네지 않으면 안 될 마지막 순간이 온다. 그때가 되면 돈을 가지고 간 사람은 바짝 긴장하여 땀에 젖은 손으로 양복 안주머니에서 봉투 따위를 꺼내 손에 쥐게 된다. 혹은 뒤에 감춰두었던 가방 손잡이를 엉거주춤 쥐게 된다. 그때 뭔가가 번쩍, 하고 벼락 혹은 고압 전류처럼 자신의 몸을 휘감고 지나간 것을 감지하면 그는 목적을 이룬 게 된다. 상대는 여전히 국사의 막중함과 민족이 나아갈 바를 이야기하고 있을 뿐, 전혀 달라진 것이 없다. 그래도 미심쩍어하는 사람은 한번 더 그에게 가서 번쩍, 하는 그 황홀한 순간을 경험함으로써 우리나라에도 이 분야에서는 타의 추종을 불허하는 세계 최고의 슈퍼스타가 있다는 것을 실감하게 된다고 한다. 그때 그의 보이지도 않는, 조금 과장하면 광속을 초월하는 빠른 손길을 지금은 보기가 어렵게 되었다 하니, 뇌물업계로서는 크나큰 손실이 아닐 수 없다. 뇌물에 관해 더 알고 싶은 사람은 아쉬운 대로 다음과 같은 의견을 참고할 수 있을 것이다.

뇌물의 용도에 관한 개개인의 자유로운 선택을 사회 전체 이익과 일치시키는 보이지 않는 손의 작용은, 구체적으로는 자유 뇌물 시장에 있어서의 경제적 균형 속에서 뇌물 투하의 자연적 순서를 표현하는 것으로 인식되고 있으며, 이것은 뇌물지상주의 사회에서의 자율성 표현이라 할 수 있다.

_이부 아담(?~?), 『아리코의 사적 뇌물론 노트』 중에서

미안하다고 했다

허해許海는 경주 사람이다. 고도古都 출신이어서 그런 것만은 아니지만 경우가 바르고 예절을 중시한다. 심지어 고리타분하다는 말까지 듣는다.

누구나 여름이 다 되었다고 할 정도로 무덥던 어느 날이다. 그날 허해는 무슨 일이 있어서 요즘 잘나간다는 정보기술 산업 관련 회사의 사장과 대면하게 되었다. 두 사람은 초면이었다. 정보니 IT 어쩌고 하는 회사 사장이라니 삼십대 초반의 젊은 사람인 줄 알았던 허해는 상대가 자기보다 댓 살쯤 위인 것을 보고 마음을 놓았다. 허해가 부탁을 하는 입장이어서 젊은 사람이라면 어떤 식으로 말을 할지 적지 않게 고민하고 있던 차였다. 약속 장소를 골목 안쪽의 조용한

카페로 정한 것은 허해였다. 허해가 그 집에서만 십여 년을 들어온 고전음악이 흐르는 가운데 두 사람은 수인사를 나누었다.

"허햅니다. 잘 부탁드립니다."

"나는 조용관이라 하오."

조용관 사장, 조사장은 악수를 나눈 뒤 흰머리가 반이 넘는 앞머리를 쓸어올렸다. 자세히 보니 젊은 시절에 멋깨나 부렸을 인상이었다. 보유 주식 시가 총액이 몇백억을 헤아린다는 사람에게 있을 법한 거만함은 없었다. 허해는 다시 마음을 놓았다. 두 사람 앞에 곧 맥주와 간단한 안주가 날라져왔다. 그들은 서로 술을 권하며 날씨 이야기를 나누었다. 이윽고 대한민국의 사내들이 만나면 누구나 그렇듯이 서로의 뿌리를 캐나가기 시작했다.

"억양을 보니 경상도시구만요. 제 친구 중에도 경상도 출신이 많습니다. 나도 아버지가 군인이라 이사를 많이 다녀서 경상도에서 국민학교, 아, 요샛말로는 초등학교를 삼 년쯤 다닌 적이 있거든요."

조사장이 말했다. 허해는 자신의 고향이 경주라고 밝혔다. 초등학교와 중학교를 경주에서 다녔고 그뒤로는 쭉 서울에서 거주해왔다는 것도.

"그럼 고등학교는 서울에서? 어디 나오셨나?"

"서강고등학교 나왔습니다."

"허허, 그럼 나하고 이웃이네. 나는 동강고등학교 나왔는데. 동강하고 서강하고 75년에 크게 패싸움이 난 적이 있소. 서울시장기 고교축구대회 결승에서 만났는데 연장전까지 가서 동강이 4 대 3으로 이겼거든."

"저는 75년에는 경주에서 초등학교 다니고 있었습니다."

"그렇겠네. 허허, 그래도 선배들이 그 이야기는 해줬을 텐데. 그게 얼마나 전설적인 싸움이었는데. 그 패싸움으로 동강에서만 퇴학생이 셋, 정학은 셀 수도 없이 나왔지. 나도 그때 무기정학을 먹었어. 싸우다가 분식집 하나를 박살냈거든. 사실 싸움을 하기 시작한 게 바로 내 친구들이었어. 우리가 축구 끝나고 분식집에서 사이다를 먹고 있는데……"

허해는 정중하게 자신은 그 패싸움 이야기를 듣지 못했다고 말했다. 그때쯤 다시 맥주가 날라져왔다. 허해는 용건을 말하고 싶었지만 조사장이 계속 패싸움한 이야기를 하는 바람에 말을 꺼내지 못하고 있었다. 애꿎은 맥주만 거푸 마시다보니 다시 새로운 술병이 날라져왔다. 조사장은 자신이 분식집 주인을 서강고등학교를 졸업한 재수생으로 착각하고 '당수춉'으로 기절시킨 장면까지 이야기하고 기분좋게 술잔을 들이켰다. 허해는 정중하게 입을 열었다.

"저 말씀중에 죄송합니다만 저는 79년에 뺑뺑이로 서강고등학교에 들어가서 공부만 하다가 졸업했습니다. 축구부가 있는 줄도 몰랐습니다. 그리고……"

"아, 사람이 그렇게 착실하다고 다 출세를 하나. 고등학교에서 공부만 하면 뭘 해. 기껏 대학밖에 더 가나? 대학 나오면 뭘 해. 남의 머슴살이만 하다가 인생 보내는 거지. 나는 동강 같은 똥통학교를 나왔지만 고등학교 시절이 제일 좋았다고 생각해. 동강하고 서강하고 개교기념일이 같다는 거도 모르겠네. 둘 다 같은 해에 개교했어. 그러고 보니 내가 33회던가…… 당신은 그럼 38회쯤 되겠구만."

허해는 정색을 하고 말했다.

"죄송합니다만 저는 고등학교 몇 회 졸업인지 모르고요. 관심도 없습니다. 사장님, 한 가지 부탁이 있습니다. 반말을 삼가주십시오. 저는 조사장님을 오늘 처음 뵙는데 조사장님은 저를 오래 봐온 후배처럼 대하고 계신데요. 오늘 저는 고등학교 선배를 만나러 온 게 아니라 중요한 사업 이야기를 하러 왔습니다."

조사장은 그 말을 듣더니 문득 자세를 바로 하며 대답했다.

"아, 그래요. 이거 미안합니다. 나는 옛날부터 술만 마시면 처음 만난 후배들한테까지 반말을 하는 게 버릇이 돼서…… 고치려고 하는데도 잘 안 되네요. 미안합니다."

허해는 이런 분위기에서는 도저히 이야기를 더 진척시킬 수 없겠다고 판단하고 자리를 옮기자고 제안했다. 조사장이 사과의 의미로 술값을 치렀고 두 사람은 거기서 백여 미터 떨어진 조사장의 단골 술집으로 자리를 옮겼다. 조사장의 단골 술집은 조사장의 취향대로 시끄러운 록음악이 흐르고 있었고 사람들이 득시글거렸다. 두 사람은 다시 마주앉아 술을 마시며 이야기를 하기 시작했다. 그런데 잔이 거듭될수록 이야기의 초점은 흐려지고 주변에서 취한 사람들이 고함을 지르다시피 하며 자기주장을 하고 있어서 도저히 이야기를 계속할 수가 없었다. 조사장은 다시 고등학교 시절로 돌아갔고 반말을 하기 시작했다. 허해는 자세를 바로 하고 다시 입을 열었다.

"조사장님, 저는 오늘 고등학교 선배님을 만나뵈러 온 게 아닙니다. 반말을 삼가주십시오. 계속 반말을 하시면 저는 이만 가겠습니다."

조사장은 고개를 흔들면서 자신의 고질적인 반말 습관에 대해 한탄한 다음 정식으로 사과했다. 허해는 다시 자리를 옮기자고 제안했고 조사장은 비틀거리며 계산을 했다. 길을 걷다보니 동네 슈퍼마켓에서 탁자를 몇 개 길에 늘어놓고 맥주를 사 마실 수 있게 해놓은 게 보였다. 두 사람은 탁자 앞에 마주앉아 날씨가 선선한 것을 찬양하고 답답한 곳에서 남이 피운 담배연기를 들이마시며 서로에게 고함을 질러대는 술꾼들이 불쌍하다는 요지의 이야기를 나누었다. 허해가 가게 안에 들어가서 맥주를 사왔고 두 사람은 열심히 마셔댔다. 바닥에 세워진 빈 술병이 열 개를 넘었을 무렵 조사장은 버릇대로 다시 반말을 하기 시작했다. 허해는 자리를 박차고 일어섰다.

"조사장님, 저는 고등학교 선배를 만나러 온 게 아니고⋯⋯"

그러나 허해는 말을 계속할 수 없었다. 조사장이 벌떡 일어나 허해의 뺨을 철썩, 소리가 나게 올려붙였던 것이다.

"그래, 인마. 너 잘났다. 내가 미안하다고 그랬잖아. 미안하다고, 미안하다고, 미안하다고 사과하고 술값도 냈잖아. 가든지 말든지 맘대로 해, 이 버릇 좋은 후배놈아. 그런데 너 그전에 좀 맞아야겠다."

조사장은 반말로 아무 말이나 해가면서 허해를 두들겨패기 시작했다.

그렇다

강원도 삼척에는 죽서루가 있다. 삼척을 가로지르는 오십천 강가 충암절벽 높은 곳에 늠연히 자리잡은 죽서루는 예부터 수많은 문인 묵객을 불러들이는 곳이었다. 해선유희지소海仙遊戱之所, 곧 바다의 신선이 놀다 가는 곳이라는 서액이 붙어 있는 만큼 오늘날에도 수많은 관광객이 다녀가는 명소임에 틀림이 없다. 특히 죽서루 안의 화장실은 청결하고 위생적으로 관리되고 있다. 그렇다. 그 안에서 도시락을 먹어도 될 정도다.

오늘도 포항에서, 영주에서, 부산에서, 양평에서 온 관광버스 여러 대가 몰려 서 있다. 버스에서 내린 사람들은 벌써부터 얼굴이 불그레하고 어깨에 흥이 들어가 있는 것이 버스를 타고 오는 사이사이 계속 술이라도 퍼마신 것 같다. 여인들은 화장실에 다녀오자마자 마당 한구석에서 군무를 즐기기 시작한다. 음악이 흘러나오는 곳은 휴대용 대형 카세트 스테레오 라디오. 춤곡은 주로 트로트로 편곡된 차차차, 룸바, 고고, 디스코 등등인데 춤동작은 전통적인 춤사위에서 지르박, 블루스, 에어로빅 댄스를 응용한 다채롭고 개성적인 것들이다. 그중에도 유난히 귀를 울리는 소리는 "얼씨구 절씨구 차차차!" 할 때의 후렴 '차차차'다. 사람들은 일제히 손을 공중으로 찌르며 입으로는 차차차를 외친다. 그럴 때는 모두 스무 살이나 서른 살로 돌아간 듯 흥겹다. 그렇다. 그들은 최소한 육십 이상의 연배들이다.

그들의 얼굴은 햇빛 아래에서의 오랜 노동으로 주름이 져 있고 검게 타 있다. 그렇다. 그들이 입고 있는 옷은 새 양복과 새 한복이지만 그들의 손은 오랫동안 땅을 할퀴고 뒤집느라 거칠어졌다. 그들은 춤을 빌려 비틀거리며, 노래를 빌려 허리며 가슴에 사리처럼 뭉쳐 있던 응어리를 쏟아놓는다. 응어리진 한을 관동 제일경 죽서루의 마당에 낙엽처럼 떨어뜨린다. 그렇다. 관리인이 있지만 모자를 쓰고 호각을 입에 문 채 지켜보고만 있다. 그들이 지나가고 나면 그들이 남기고 간 흔적을 쓸어낼 커다란 빗자루도 마당 한구석에 서 있다.

이제 신선들을 찾아볼 때가 되었다. 신선들은 죽서루 누각 마룻바닥에 앉아 소주며 맥주를 마시고 있다.

"아아, 여기서 바둑장기나 두면서 한평생을 보내면 얼마나 좋을까."

한 사람이 이미 세번째 외치고 있다. 그렇다. 그의 나이는 다른 사람에 비해 젊어 보이고 양복은 다른 사람들과는 달리 꽤 낡았다. 그는 네번째로 외친다.

"아아, 여기서 장기바둑이나 두면서 다시 한평생을 산다면 얼마나 행복할 것인가."

그의 청춘도 흘러갔다. 오십천 강물은 시퍼렇게 흐른다. 까마득히 아래로 아래로 천년만년 흐르고 있다.

난간에는 "위험! 기대지 마시오!" 하는 표지가 붙어 있다. 난간 아래는 까마득한 낭떠러지다.

"떨어지면 한 백 미터 될거나."

"백 미터 넘제라!"

학발鶴髮을 한 두 노인이 낭떠러지에 열중해 있다. 한 사람은 공수부대를 나왔다고 한다. 한 사람은 해병대 출신이라고 한다.

"한 백 미터 넘는가비라?"

"백 미터도 안 뒤야!"

두 사람은 취해 있다. 아니 취하고는 배기지 못하리. 관동팔경 죽서루 난간 위.

"여기서 뛰어내릴 수는 없으까잉."

"……"

"뛰어내리모 살을까 죽을까."

"……"

"죽을 것 같은디?"

"……"

"내기할거나, 친구."

"……"

"하장께롱."

"뭐 내기?"

"소주 됫병 하나."

"그래마 누가 뛰내릴끼고?"

"아함, 마, 열 살만 젊었어도 내 팍 뛸 낀데."

매일 되풀이되는 토론을 마친 그들은 굽이쳐 흐르는 강물을 굽어본다. 그들의 흰 머리카락이 나부낀다. 맞은편 강가에서 자전거를 씻는 남녀가 보인다. 그렇다.

그렇다. 그렇다. 아득히 흘러가버리는 노랫가락처럼 그들도 흘러가버린다. 노세 노세 젊어서 노세. 그렇다. 아아, 그러고 보니 그렇다.

소신을 지키다

요즘 남강면 면소재지에 들어서면 면소재지를 관통하는 국도변의 울긋불긋한 현수막의 붉은 글씨가 눈을 어지럽게 한다.

"납골당 결사반대. 사수하자 우리 명산 와우산. 대대손손 누려온 남강의 맑은 자연 우리가 지켜낸다."

그 아래에 현수막을 내건 이들의 이름이 들어가 있는데 예를 들면 남강면 이장단, 새마을지도자협의회, 부녀회 외에 남강초교 동창회, 해병대 전우회 등등 이런 일이 있으면 으레 등장하는 단체들의 명의다. 그런데 면사무소를 지나 사람들의 출입이 뜸한 중장비 주차장 앞에 걸려 있는 현수막이 이채롭다. 아니 어찌 보면 애처롭기까지 하다. 다른 현수막과 뚝 떨어져서 설치가 되어 있는데다 "납골당

반대한다 우리 모두는 일치단결"이라는 어색한 문구가 손글씨로 씌어 있는 것이다. 공중에 걸려 있는 다른 커다란 현수막에 비하면 이 현수막은 반도 안 되게 작은데다 명의 또한 흥미롭게 '용두리 주민 일동'이다. 어째서 남강면의 스물네 개 마을 가운데 단 하나, 용두리 마을 주민들만 따로 현수막을 내걸었을까.

원래 울서시 남강면 용두리龍頭里는 납골당과 아무 상관도 없었다. 용두사미龍頭蛇尾라는 단어가 용두리와 아무런 관계가 없는 것처럼. 또 용두리는 납골당이 들어선다는 와우산臥牛山 아래 고정리高亭里와는 평소에 내왕도 거의 없었다. 사돈의 팔촌도 걸리는 사람이 없다. 그러니 용두리 사람들이 고정리고 와우산이고 간에 특별히 생각할 일이 없었고 평소에도 닭이 소 보듯 소가 개 보듯 해왔다. 그런데 용두리의 현이장이(현재의 이장이자 성이 또한 현씨이니 현현이장玄現里長으로 불린다) 고정리에 납골당이 들어오는 데 찬성하고 나섰던 데서 문제가 생겼다.

그러고 보면 고정리는 마을이 속한 남강면 전체와도 별 내왕이 없던 마을이었다. 고정리 사람들은 오히려 시 경계를 넘어 와우산 반대편의 경순군 수월면 사람들과 왕래가 잦고 사돈을 맺는 경우도 많았으며 물건을 사고팔 때에는 수월면 장을 이용했다. 남강면에서 이장단을 소집한다든가 시에서 시장이 초도순시를 나온다든가 하여 고정리 이장을 호출하면 마지못해 나가는 편이긴 해도 내내 꾸다

놓은 보릿자루처럼 앉아 있다 가곤 하는 게 보통이었다. 그런 고정리에 변화의 바람이 불기 시작한 것은 불과 여섯 달 전이었다.

고정리 출신인 사람이 서울에서 살다가 죽고 그의 아들이 아버지의 장례를 치르러 고정리에 있는 선산에 왔다 그만 와우산에 반해버린 것이었다. 와우산이 잘생겼거나 천하명산의 지세를 가지고 있어서, 또는 무슨 엄청난 전설과 명소를 가지고 있어서 반한 건 아니다. 그랬더라면 진작에 다른 사람들도 다 반했을 터이고 와우산을 상찬하는 시와 문장이 만발했을 것이니까. 그런 건 없다. 전설도 명소도 고적도 없다. 면소재지 쪽에서 바라보면 소가 누운 듯한 형상의 와우산은 수월면에서 바라볼 때는 험난한 절벽의 악산이다. 고정리 출신인 아버지의 장례를 치른 이는 산에 반한 게 아니라 산이 가지고 있는 사업성에 반했다.

그는 곧 회사 직원들을 내려보내 와우산 주변의 지세와 형편을 알아보게 했고 마침내 와우산 아래 엉성한 수풀을 밀어내고 납골당을 짓기로 결정했다. 허가를 얻기 위해 시청을 방문했을 때 시장이 버선발로 뛰어나와 그를 맞아들였다는 소문이 있다. 남강면은 울서시 전체에서 가장 낙후된 면이었고 남강면이 낙후하게 된 가장 큰 원인은 바로 와우산 때문이라고 시장은 믿고 있었다. 와우산은 누운 암소의 엉덩짝처럼 푸짐하기는 했지만 그저 면적만 많이 차지했을 뿐 뭐 하나 도움이 되지 않았다. 그런 산에 투자를 하겠다는 사람이 나섰으니 시장이 초등학교 동창인 남강면장과 함께 만세 삼창이라도 부를 자세를 취하는 게 당연했다.

이어서 납골당을 지을 회사가 정식으로 설립되었다. 회사의 대표는 물론 고정리 출신인 망자의 아들, 길어서 부르기가 불편하니 김 회장, 아니 이름을 그냥 부르겠다, 김안구였다. 김안구는 기왕에 아버지와 문중의 명의로 되어 있는 땅 이외에 납골당을 세우기로 예정한 부지 인근의 토지를 사들이기 시작했다. 평당 5만 원도 하지 않던 땅에 만 원씩을 더 붙여 일괄적으로 구입했다. 그러다보니 소문이 안 날 수 없었고 마침내 고정리 사람들 전부가 모여 평당 10만 원 이하에는 단 한 평도 팔지 말자고 결의하게 되었다. 김안구는 달라는 대로 덥석덥석 돈을 내주었다. 하여튼 서울 같은 대도시에서 이만큼 가까운 곳에, 이만한 가격의 땅을 구하기도 어려운 일이었고 납골당을 짓기만 하면 수십 배의 이득을 취할 수가 있다는 계산이 섰기 때문이었다. 김안구는 그 외에도 납골당이 생기고 나면 주민들이 그 주변에서 화원이나 음식점 따위의 장사를 하려고 할 경우 최우선적으로 배려하겠다고 약속했다.

땅이 없어서 팔 게 없는 주민들은 안타까움에 발을 구르고만 있었는데 어느 날 김안구는 그들에게도 큼직한 선물을 해주었다. 납골당 허가를 내주기 전에 주민들의 여론을 살피고 있는 도청을 방문할 사람들을 모집하고 버스 편을 주선하는 한편 도지사를 면담하고 "와우산 납골당 만세!"를 외치고 나온 뒤 한 가구당 천만원인가의 돈을 나누어주었다는 소문이 돌았다. 도지사는 고정리 주민들과 기념촬영을 하고 '님비 현상을 슬기롭게 극복하고 모두가 승자가 되는 윈윈 게임'의 사례로 도청 현관에 사진을 내걸기까지 했다. 이처럼 모든 것이 잘 돌아가는 것처럼 보였을 때, 남강면의 다른 마을 사람들이 반대하기 시작했다. 남강면 이장단이 김안구의 회사에 발송한 편지에 들어 있는 반대 이유는 아래와 같았는데 김안구는 기다리고나 있었던 것처럼 즉각 답변을 달아 회신했다.

1) 허가된 장소가 경관이 수려한 녹지이다.

답_ 경관이 수려하다는 말은 금시초문이다. 할아버지가 선산을 샀을 때 문중에서 이런 악산을 사서 뭐하느냐고 원성이 자자할 정도였다.

2) 납골당으로 끝나지 않고 화장장까지 유치하려고 하는 음모가 있다.

답_ 화장장이 들어서면 손에 장을 지지겠다고 벌써 각서를 썼다. 나를 산 채로 화장해도 아무 말 하지 않겠다.

3) 마을에서 불과 500미터밖에 떨어져 있지 않아 보건상 유해하다. 추석이나 한식 등의 성묘철에는 교통체증과 도로 훼손이 우려된다.

답_ 마을 사람 전원의 동의를 얻었다. 환경 영향 평가에서도 큰 영향이 없는 것으로 나왔다. 성묘철의 교통체증은 어디나 비슷하며 진입로는 새로 건설할 것이고 기존의 도로를 사용하게 될 경우에는 충분한 넓이로 확장할 예정이다.

여기에다 더하여 김안구는 남강면 사람들이 납골당을 이용하기를 원할 경우 분양가의 반값에 분양하겠다는 약속까지 했다.

그러나 면민들 대부분은 김안구의 회신을 읽어보지도 않았다. 그냥 계속 반대했다. 납골당이 들어서면 땅값이 떨어질 수 있는 사람들은 반대할 이유가 있었다. 5천 면민 가운데 대여섯 명은 그럴 수도 있었다. 그들은 김안구가 아무리 땅을 팔라고 해도 팔지 않고 값이 더 오르기만 기다리다가 결국 팔지 못하고 만 땅의 소유자들이었다. 그리고 그들에게 심정적으로 동조하는 친척과 친구, 친지가 있었다. 그래도 다 합쳐서 백 명이 넘지 않았다. 나머지 사람들이 반대하는 가장 결정적인 이유는 왜 우리들에게는 돌아오는 게 없는가, 하는 것이었다. 왜 누구는 만세 삼창 한 번에 돈을 천만 원이나 주고 누구는 안 주느냐, 우리는 배가 아프다. 말은 하지 않았지만 그게 결정적인 이유였다. 그런데 용두리의 현현이장이 이장단이 모인 자리에서 의연히 이런 의견을 내놓았던 것이다.

"우리가 죽으면 어디로 가는가. 땅에 묻힌다. 지금 전국적으로 묘

지가 모자라 야단이다. 기왕의 묘지는 금수강산을 덮고 있다. 묘지
때문에 후손들이 농사도 못 짓고 집도 못 짓고, 자신들이 묻힐 곳이
없게 되면 누구를 원망하겠는가. 납골당은 우리의 현실에서 최선의
대안이다. 나는 납골당에 찬성하고 납골당을 짓는 것에 찬성한다.
납골당이 우리 면에 지어진다면 환영할 일이라고 생각한다."

　이장단은 그의 말이 다 끝나기도 전에 모두 다 흩어져서 술집에
서 모였다.

　"용두리 현달수가 뭘 먹어도 단단히 먹었다."

　"용두리 현달수가 뭘 잘못 먹어도 단단히 잘못 먹었다."

　의견은 두 가지로 갈라졌지만 용두리 현현이장을 성토한다는 점
에서는 같았다. 그 술집에서 먼저 술을 마시고 있던 용두리 사람이
있었다. 그는 동네에 가서 다른 동네 이장들이 용두리를 잡아먹으려
고 이를 갈고 있다고 전했다. 용두리 사람들은 이장에게 가서 의견
을 바꾸라고 했지만 이장은 그럴 생각이 전혀 없다고 단언했다. 배
운 사람으로서, 상식을 가진 사람으로서, 염치가 있는 사람으로서
한입으로 두말을 하겠느냐, 아울러 자신은 얻어먹은 것도, 잘못 먹
은 것도 없다고 단언했다.

　난처해진 용두리 사람들은 고민을 거듭한 끝에 현수막을 써서 면
소재지에 내다건 것이었다. 용두리 이장의 의견은 용두리 마을 사람
들의 뜻이 아니다, 제발 우리를 소외시키지 말아달라. 현수막에 담

긴 뜻은 그런 것이었다.

하여튼 허가는 떨어졌고 납골당 공사는 시작되었다. 이제는 아무도 말릴 수 없는 상황이 되고 말았다.

이장단 회의는 여전히 한 달에 한 번 열렸다. 그런데 납골당 공사가 시작된 뒤에 열린 회의에서 이상한 일이 생겼다.

용두리 현이장을 다른 동네 이장들이 모두 외면하고 백안시했다. 그건 그럴 수도 있는 일이다. 그런데 고정리 이장에게는 전에 없이 인사를 청하고 이런저런 이야기를 건네는 것이었다. 남강면에서 나고 남강면에서 살며 점집 깃발을 날리고 있는, 전생과 미래를 꿰뚫어 알고 있다는 어느 예언자가 이렇게 해석했다.

"고정리 사람들이 졸지에 부자가 되었으니 다른 마을 사람들이 잘 보이려고 하는 거지. 용두리 이장? 똥고집밖에 남은 게 없지, 뭐."

점쟁이여, 그대가 모르는 게 있다. 소신이 남았다. 납골당은 소신의 뼈로 세워질 것이다. 그러니 그대는 미래를 점칠 뿐, 현재에 대해서는 말하지 말라.

'어이'를 위하여

한 해를 마감하는 자리, 친구끼리 모였다. 사람마다 생긴 게 다르고 사는 게 다르고 말투가 다르듯이 시간을 맞추는 것도 갖가지다. 미리 와 있는 사람, 딱 맞추어 오는 분, 미리 출발했는데도 꼭 중간에서 시간을 잡아먹어 늦고야 마는 인간, 늦게 출발하는데도 늘 운좋게 제시간에 오는 녀석…… 그러고 보니 모임에는 대체로 늦지만일 년에 한두 번 제시간에 오기도 하는 나까지 다섯 명이 모였다. 늘 늦게 출발해서 늘 늦게 오는 녀석은 아직 오지 않았다.

그 친구를 기다리면서 주섬주섬 살아가는 이야기가 이어졌는데 하나같이 세상 살기 어렵고 겁난다는 이야기였다. 불경기라서 어렵고 노후연금 넣을 때 아이들 눈치보여서 어렵고 주차하기 어렵고 유료 터널 통과료 내지 않으려고 길 돌아가기 어렵고, 막장 드라마 보고 마누라 성격 달라질까 겁나고 후배가 치고 올라와서 나를 일찌감치 명예퇴직 대상으로 만들까 겁나며 전원주택 전원주택 하는데 신도시 전셋값 오르는 게 더 겁난다. 거기까지 이야기했는데도 그 녀석은 오지 않았다. 우리는 계속해서 생수통에 담겨 있어서 말이 생수지, 수돗물이 틀림없는 맹물을 마셔가며 쓰레기 문제, 바닥 증시, 무역수지 문제를 심도 있게 이야기했다. 그런데도 놈은 여전히 코빼기도 보이지 않았다. 우리는 지겨워진데다 약간 화가 나서 북한 문제, 3D 업종의 인력 부족, 실업 문제까지 핏대를 세우며 의견을 교환했다. 그러나 그 이야기가 끝이 났는데도 놈은 귀때기 그림자도 비치지 않았다.

"먼저 먹지?"

"아니, 조금만 더 기다려보자구. 늦긴 해도 꼭 오긴 하잖아. 지금까지 기다렸는데 뭘."

우리는 그때까지 기다린 게 아까워서 조금 더 기다리기로 했다. 따라서 조금 더 고차원의 문제, 문제라기보다는 희망사항에까지 관심사를 교환해야 했다. 올림픽 유치가 가져올 경제적인 이득, 차기 대통령 후보의 자질, 레저에서 스키와 골프가 차지하는 비중…… 그런데도 기다리는 놈의 발소리는 들리지도 않았다. 우리는 더 할말을 찾아보려고 했지만 만장일치로 화가 났다는 걸 확인했을 뿐 더이상

공통의 화젯거리를 찾을 수 없었다.

"오늘은 좀 심한데?"

"역시 심하군."

"뭐, 더 기다릴 거 있어?"

"없다고 보네."

우리는 더 기다릴 거 없다는 데 만장일치로 합의하고 주문을 했다. 그럭저럭 약속 시간이 삼십 분이 넘게 흘렀는데 그때까지 기다린 것도 한 해를 마감하는 자리라서 평소보다 이야깃거리가 많아서였을 것이다. 주문을 하고 그릇이 날라져오는 동안 우리는 참고 참았던 저마다의 불만을 터뜨렸다.

"이 친구는 왜 이렇게 매일 늦어. 저 혼자만 장사하나?"

"저 혼자만 연말 대목인가?"

"저 혼자만 사장인가?"

"저 혼자만 차 몰고 다니나?"

"저 혼자만 바쁜가, 어이?"

마지막으로 험담을 한 친구가 어설프게 '어이'라는 말을 덧붙임으로써 시들해졌던 자리는 새삼 활기를 띠기 시작했다. 그의 말에 의하면 늘 늦는 그 친구는 말끝마다 '어이'라는 간투사를 덧붙여 강조를 하는 버릇이 있다는 것이었다. 그 간투사는 어지간한 말로는 사람 말을 말로 듣지 않는 시대의 서글픈 부산물이라고 덧붙이며 그는 조그맣게 '어이'라는 말을 집어넣었다. 또한 그 간투사는 '그렇지, 응?' 할 때의 '응'에서 나온 것으로 볼 수 있는데 '응'은 본래 유아어의 일종으로서 제 말에 대한 확신이 없이 떼를 쓰거나 재롱을 떨기 위해 쓰는 말이라는 의견도 나왔다. 그 이야기를 장황하게 피력한 친구는 말끝에 '어이'라는 말을 들릴락 말락 교묘하게 집어넣음으로써 좌중의 소리 없는 찬탄을 받았다. 그릇이 날라져오고 술이 나왔다. 그러나 좌중은 이미 먹고 마시는 뻔한 절차로는 통제할 수 없는 상황에 빠져들고 있었다.

"야, 오늘은 이 집 콩나물무침의 고춧가루가 더욱 오묘한 빛을 띠는구나, 어이?"

"너, 어이 한번 해볼라구 말도 안 되는 소리 하는 거지, 어이?"

"내가 언제 어이 했다고 그래, 어이?"

"네가 방금 어이 했잖아, 어이?"

"너는 남보고는 어이 하지 말라면서 너 혼자만 어이 할라구 그러지, 어이?"

"야, 제발, 어이 좀 하지 마라, 머리가 다 아프다, 어이."

"지금부터 어이 하는 놈이 술값 다 내기로 하는 거야, 어이?"

"너부터 어이 했다, 아이? 네가 다 내, 아이?"

"아이고 어이고 간에 제발 조용히 하자, 에잉······"

말을 듣고 하던 중에 나는 문득 그 친구가 스스로를 희생양으로

내세워 우리가 동질감을 회복하는 시간을 주려고 일부러 늦게 오는
건 아닌가, 와서 우리가 노는 꼴을 구경하면서 저 혼자 웃고 있는 건
아닌가 하는 생각을 언뜻 했다. 그러나 그 친구는 역시 우리의 수준
에 맞는 우리의 친구였으니 그렇게 깊이 있는 생각으로 계획적으로
늦는 친구는 결코 아니었다. 늦게 출발했으니 당연히 늦게 도착한
그는 늘 그렇듯 미안한 기색도 없이 왕처럼 당당하게 나타나서 자리
로 쑥 들어왔다. 그러나 그가 나타났을 때 우리는 모두 '어이'의 난
장판을 만들고 서로에게 손가락질을 하느라 아무도 그의 출현에 대
해 신경을 쓰지 않았다. 그가 육중한 몸을 내려놓고 손을 저어 우리
의 시선을 끈 다음, 느릿하고 확고하게, 가슴 깊숙이서 흘러나오는
말을 하기 전까지는.

"잡담 그만! 여러분, 이제 한 해가 가고 새해가 온다. 우리 지난 한
해 일은 모두 잊고 새해에 다들 잘해보자……"

그러면서 그는 술잔을 들고 우리 모두가 주시하는 가운데 우리가
기다리고 기다리던 그 감탄사를 익숙하게 내뱉었다.

"어이?"

무겁지도 가볍지도 않고, 길지도 짧지도 않으며, 천박하지도 않고
뽐내는 것도 아닌, 그지없이 자연스러운 그의 '어이'에 우리는 모두
말을 잃고 넋을 빼앗겨 일제히 술잔을 높이 받들어 모실 수밖에 없
었다. 우리에게 남은 청춘과 사랑과 열정을 위하여, 어이!

우렁각시에게

내가 쓰고 내가 읽고 내가 웃는다는 건 실없는 노릇이다. 그런데 그게 재미있어서 나는 가끔 내가 쓴 걸 읽어본다. 읽다보면 내가 빠진다. 누가 이렇게 웃기는 소설을 써서 나를 감득하게 하는가. 바로 나다. 그 소설을 어떤 이유로 어떻게 썼는가를 모르는 나다. 내가 쓴 걸 잊어먹고 거 참, 내가 쓰려고 했던 걸 먼저 써버렸네 하고 질투할 정도로 기억력이 형편없는 나다.

이런 나를 알고 있는 사람들도 가끔은 기가 차는 모양이다. 아니, 제가 써놓고 제가 웃어? 잘해보셔. 그런 말을 듣곤 한다. 뭐 어때, 좋으면 좋은 거지. 그러면서 나는 내 안에 쓰는 사람과 읽는 사람, 즐기는 사람이 공존하고 있고 그 세 존재는 칼로 딱 갈라놓은 수박처럼 확연하게 다르지만 원래는 하나인 괴상망측한 놈들이라는 말을 우물거려보기도 한다. 상상력이 나보다 몇 배 뛰어난 내 친구는 그 말을 듣고 나더니 즉각 그럼 네가 바로 주사위란 말이냐, 하고 나를 비웃어주었다.

친구들에게는 워낙 많이 떠들어온 말이지만 오늘 다시 한번 더 이야기해본다.

첫째는 '제가 먼저 신이 올라야 남도 신이 오르게 할 수 있다.' 둘째는 '내가 먼저 나를 무서워해야 남도 나를 무서워한다.' 첫째는 무당의 이야기고 둘째는 싸움 잘하고 행패 부리는 게 일인 깡패 이야기다. 작가에게는 '저부터 재미있게 써야 남들도 재미있게 읽어준다'는 규칙이 적용이 될 터인데 나는 천성적으로 재미없는 걸 좀처럼 견디지 못한다(그것도 견뎌야 대가가 된다고들 한다. 나는 대가가 싫다. 거장이 좋다). 소설을 계속 쓰는 이유 가운데 첫번째는 기왕 이리 된 거 나라도 재미있어하자는 것이다. 남들이 재미있어하는 건 다음 다음의 문제다. 그럼 재미가 뭐냐고? 안 가르쳐준다.

재미 다음의 문제는 슬픔이다. 고등학교 때의 은사는 내게 흥진비래興盡悲來와 고진감래苦盡甘來라는 '래' 자 돌림의 형제들에 대해 일러주셨다. 그중에서 나는 흥진비래라는 말을 가슴 깊이 새겼다. 수업 시간에 수업과 관계없이 짝과 웃고 떠들다가 앞으로 나가서 온몸의 무게를 전두엽을 둘러싼 피부로 지탱하게 됐다(줄임말로 '원산폭격' 또는 '박아'라고 했다). 그때 머리 위에서 법어처럼 들려오던 말씀이다. 흥이 다하면 슬픔이 온다는 것, 또는 흥이 다하지 않은 슬픔은 가짜라는 것, 환락이 절정에 이르자 오히려 슬픔의 정이 몸에 스민다歡樂極兮哀情多(한무제, 「추풍사秋風辭」)는 교훈까지 패키지로 들려주셨는데 그때 워낙 독하게 가르침을 받아선지 아직까지도 흥이 오르면 나중에 슬픔을 어떻게 감당할지 미리 염려하게 된다.

슬픔 다음은 뭔가. 그건 다음 기회에 이야기하자. 기회가 있으면 하고 없으면 말고.

언젠가 '내 속에 내가 너무도 많다'는 요지의 노래를 들은 적이 있는데 귀가 아둔한 탓에 이렇게도 들리고 저렇게도 들렸다. '네 속엔 내가 너무도 많다' '내 속엔 네가 너무도 많다', 아니면 '네 속엔 네가 너무도 많다'로도. 어느 쪽을 취하는가에 따라 노래의 뜻이 전혀 다르게 될 것이라는 생각을 했다. 내 속엔 내가 너무도 많다면 분열증적인 성향이, 네 속엔 내가 너무도 많다고 하면 혹세무민의 예언이, 내 속엔 네가 너무도 많다는 말에는 에로티시즘이 느껴진다. 네 속에 네가 너무도 많다고 한다면? '그러는 너는?' 하고 되묻고 싶어질 것이다.

내 속엔 내가 둘 이상이지만 내 속의 나에게 나는 둘 이하이기를 바란다. 그 둘의 속에 있는 둘 이하의 존재들도 둘 이하의 존재만 가지기를 바란다. 그들이라도 좀 사람답게 살아야지. 바랄 뿐, 나도 내

262

안의 나를 어쩔 수 없다. 가끔 너로 불리는 나는 더욱 그렇다.

그런 고로 혹시 내가 내 이름으로 된 걸 쓴 게 아니고 다른 누군가 내 이름을 빌려 쓰고 있는 것은 아닌가 의심을 해본다. 우렁각시처럼, 집이 비어 있는 동안 살며시 물독에서 나와서 하루 열 장 스무 장의 원고를 입력해놓고 사라진다…… 그 우렁각시를 만나면 물어보고 싶은 말이 있다. 왜 하필 나야? 내가 그렇게 만만해 보여? 내 인생이 어떤 건지 생각해본 거야, 우렁아? 그런데 너 우렁이무침 좋아하니, 각시야? 우리 시베리아로 곰이나 잡아먹으러 갈까?

한마디 말씀의 마지막 의미

강물이 거슬러오른다. 바다가 끓는다. 땅은 쉴새없이 흔들린다. 공기에서 재냄새가 난다. 태양은 기미가 낀 눈자위처럼 거무스레하다. 핵전쟁인가? 지진인가? 운석의 충돌인가? 처음 그 일이 일어났을 때 사람들은 물었다. 아무도 대답하지 못했다. 처음 그것이 번쩍, 했을 때 모든 건 끝났다. 번쩍마저 끝나버렸다. 가스, 수도, 전기, 도로, 하천, 바람, 세월, 역사, 그 모든 흐름은 끊겼다. 서 있던 것들은 눕고 누워 있던 것들은 때가 되었다는 듯이 벌떡벌떡 일어났다. 거대한 진흙 더미가 밀려가듯 움직이던 사람들은 더이상 보이지 않는다. 질서를 지키자며 울부짖던 확성기 소리도 들리지 않는다. 납보다 무겁던 침묵과 아이들도 사라졌다. 남은 사람은 움직일 수 없는 사람들이다. 건물에 다리가 깔렸거나 눈을 잃었거나 어디로 가야 할지 모르는 사람들, 혹은 무작정 남의 뒤를 따라갈 수는 없다고 믿는 사람들이다. 또 있다. 자신의 목숨보다 더 귀중한 무엇인가가 있어서 떠나지 못하는 사람이다.

내 겨드랑이 밑에 작은 머리가 놓여 있다. 검고 윤기 흐르는 머리는 열다섯 살 적, 스무 살 적 옛날 그대로다. 하얀 달걀 껍질처럼 매끈하다가도 이따금 주름이 지며 나를 꼼짝 못하게 하던 이마. 그 이마에는 이제는 가는 주름이 져 있다. 그리고 눈. 소녀처럼 검고 흰 경계선이 뚜렷한 그 눈. 눈이 웃을 수도 있을까? 예전에는 믿을 수 없었지만 지금은 그렇다고 믿는다. 눈만으로도 주위의 다른 피부의 도움 없이 웃음을 표현할 수 있다. 그 눈 아래 작고 높은 코가 벌름거린다. 입이 움직인다. 바람 소리가 새어나오는 듯하다가 공중에서 뭉쳐 사람의 말소리가 된다. 끝날 때가 되지 않았어요? 나는 그녀의 붉고 작은 입술에 손가락을 대본다. 몇 시간은 괜찮을 것 같아. 그녀는 거스러미가 일어난 것 같은 입술을 움직인다. 그렇게나 많이? 그녀는 기지개를 펴듯 다리를 쭉 뻗는다. 많은 건 아냐. 나는 지금 이 순간을 위해서 수십 년을 헛살았으니. 그녀는 소리내어 웃는다. 당신은 언제나 불만이 많았죠, 마지막까지 그래요. 헐떡거리는 듯한 엔진 소리가 들려온다. 잘못 들었는지도 모른다, 말 울음소리. 개 짖는 소리. 다들 어디로 간 걸까요. 나는 있는 힘을 다해 덩굴처럼 그

265

녀의 몸을 감는다. 신경쓸 거 없어. 우리만 생각해. 그녀는 얼굴을 찡그린다. 나, 갑자기 이런 생각이 들었어요. 이제 이 세상도 마지막이 아닐까. 나는 그녀의 어깨를 두드려준다. 나는 행복한데? 그녀의 몸은 아직 따뜻하다. 내 몸도 그녀에게 그렇게 느껴졌으면 좋겠다. 주변은 알맞게 어둡고 미지근하다. 우리는 그 옛날처럼 마주보며 누워 있다.

마지막은 남겨두는 게 좋아. 그게 있어서 더 그리워하고 안달하고 사람답게 살아온 거야. 우리가 우리 사이에 있을 만한 일을 다 해치워버렸다면, 그때에 이승에서 할 수 있는 걸 다 이루고 말았다면 어떻게 됐을까. 이렇게 만날 이유도 없었겠지. 이처럼 행복하지도 않았을 거고.

그런 말 그만해요. 그 시간도 아까우니까. 그녀는 나를 잡아당긴다. 나는 그게 그녀에게 남아 있는 힘의 모든 것이라는 걸 알고 있다. 그녀에게서 나무 냄새가 나기 시작한다. 내 감각은 곤충처럼 예민해진다. 냄새는 점점 심해진다. 이젠 어떻게 할까요? 나는 그녀를 안는다. 이렇게. 그녀는 이마를 찡그리며 웃는다. 이렇게? 그리고 말할 틈을 주지 않고 내 입을 자신의 입술로 틀어막는다. 옛적에는 없던 일이다. 삼 분. 과즙 같은 침이 입에서 넘쳐흐른다. 사십 초. 그동안 날카롭고 섬세하며 알맞은 강도의 번개가 우리의 머리끝에서 발끝까지 흘러간다. 또 이 초. 시간은 모래알처럼 흘러내린다. 걱정할 건 없다. 아직 마지막 가운데서도 특히 결정적인 마지막 순간을 남겨두었다. 이제 그 순간이 다가온다. 온다, 온다. 왔다. 사랑해. 사랑해. 사랑해. 그럼 안녕.

그녀는 헐떡이며 이승에서의 마지막 한마디 말을 속삭여온다.

이 세상이 우리 때문에 망하는 것 같아요!

오오, 그럼 어때, 제기랄.

세상에서 가장 슬픈 눈사람

.

퀘벡의 에스키모들은 비버를 좋아한다. 윤기 흐르고 보온성이 높은 털은 현금이나 마찬가지이고 기름기 많은 고기는 겨울이 긴 퀘벡에 사는 에스키모들이 제일 좋아하는 고기다. 그런데 이 비버를 잡는 일이 무척이나 어렵다. 비버는 영리하고 예민하다. 비버는 자신이 평소 가는 길이 아니면 어지간해서는 가려고 하지를 않는다. 주변 환경이 바뀌면 금방 알아차린다. 그래서 에스키모들은 훌륭한 비버 사냥꾼이 되기 위해 일생을 바친다.

세상에서 가장 슬픈 일은, 비로소 비버에 대해 모든 것을 알게 되었을 때에는 사냥을 할 수 없는 나이가 되어버린다는 것이다. 사냥물을 사냥꾼 앞에 인도하는 사냥의 신도 이럴 때는 에스키모를 도와

주지 못하고 동물을 잡아먹게 해주는 동물의 신도 할 일이 없다.

그러므로 늙은 에스키모, 두 주먹을 쥐고 눈사람 되어 환한 어둠에 싸인 숲을 향해 서 있는 것.

작가의 말

1.

내가 앉아 있는 곳 근처에는 성城이 많다. 죽주산성, 망이산성, 반월성이 그것들인데 그중에서도 망이산성은 고개를 들면 언제나 바라다보이는 산, 매산 위에 자리하고 있다. 어느 날 매산에 올라 산성 가장 높은 곳에 서 있는 이름을 알 수 없는 나무 아래 앉았다가 나는 문득 의문에 사로잡혔다.

도대체 이 산성은 누가 쌓은 것일까. 이 많은 돌을 어떻게 날라온 것일까. 쌓는 데 얼마나 걸렸을까. 왜 넓디넓은 들판 가운데 편하게 성을 쌓지 않고 오르기도 힘든 이 산꼭대기를 택해 성을 쌓은 것일까. 의문은 성 아래로 내려와서도 이어졌다.

271

사소한 의문은 쉽게 해명이 되었다. 이를테면 왜 산 이름은 매산인데 산성 이름은 망이산성인지, 왜 산 남쪽의 사람들은 마이산이라고 부르는가 하는 것 따위. 풀리지 않는 의문들은 성벽의 돌처럼 차곡차곡 쌓여갔고, 종래에 나는 왜 언제나 아무도 궁금해하지 않는 것을 혼자서 궁금해하면서 우두망찰하는가 하는 의문까지 이끼처럼 더하게 되었다. 그러던 어느 날 나는 벗들과 이야기를 하던 중에 해답을 발견했다.

옛날 옛적 한 장수가 산에 올라 오랑캐_虜가 있는 북쪽을 바라보다가[!] 주위의 부하와 졸개들을 둘러보며 이렇게 명령했다.

"성을 쌓으라."

부하들이 죽어라 하고 성을 쌓는 중에 이런 말도 했다.

"어서 열심히 쌓으라. 오랑캐가 쳐들어온다."

그리하여 그 성은 산 위에 솟아올랐다. 이 세상 곳곳의 고성高城이, 산상의 요새가 어떻게 존재하게 되는지 권력자들은 자신의 성이 세워지기 전 미리 알고 있었다. 그 지식 유전자를 자기들끼리 세습해왔을 터이니.

내 인생은 순간瞬間이라는 돌로 쌓은 성벽이다. 어느 순간은 노다지처럼 귀하고 어느 벽돌은 없는 것으로 하고 싶고 잊어버리고도 싶지만 엄연히 내 인생의 한순간이다.

나는 안다. 내 성벽의 무수한 돌 중에 몇 개는 황홀하게 빛나는 것임을. 또 안다. 모든 순간이 번쩍거릴 수는 없다는 것을. 알겠다. 인생의 황홀한 어느 한순간은 인생을 여는 열쇠 구멍 같은 것이지만 인생 그 자체는 아님을.

교정을 하면서 새삼스럽게 소설은 직설이 아니라 비유라는 생각을 했다. 비유를 가르쳐주고 만들어 쓰도록 해준 존재들에 감사한다.

2003년 1월

2.

지난 세기에 출간된 『재미나는 인생』과 이번 세기에 출간된 『번쩍하는 황홀한 순간』을 합하여 개정판을 낸다. 예닐곱 편의 소설을 빼고 부분부분 표현을 바꾸고 문장을 갈아끼웠다.

삶은 계속된다, 사랑이 지속하는 한.

2017년 6월
성석제

번쩍하는
황홀한 순간
©성석제 2017

1판 1쇄 2017년 6월 15일
1판 2쇄 2022년 6월 30일

지은이 성석제
펴낸이 김소영
책임편집 이연실 | 편집 고지안
디자인 김이정 | 마케팅 정민호 이숙재 박치우 한민아 김혜연 박지영 안남영 김수현 정경주
브랜딩 함유지 함근아 김희숙 안나연 박민재 박진희 정승민
제작 강신은 김동욱 임현식 | 제작처 영신사

펴낸곳 (주)문학동네
출판등록 1993년 10월 22일 제2003-000045호
주소 10881 경기도 파주시 회동길 210
전자우편 editor@munhak.com | 대표전화 031) 955-8888 | 팩스 031) 955-8855
문의전화 031) 955-3579(마케팅) 031) 955-3571(편집)
문학동네카페 http://cafe.naver.com/mhdn | 트위터 @munhakdongne

ISBN 978-89-546-4496-9 03810

www.munhak.com